从西陵渡到天台山

东方浩/著

北京燕山出版社

从一条唐诗之路中唤出明月

——东方浩诗集《从西陵渡到天台山》简评

诗人东方浩是一位典型的江南诗人。之所以这样说，一是因为他大半生一直生活在江南名城绍兴，二是他的诗歌大多书写江南题材，三是他的诗歌呈现出鲜明的江南诗歌风格。《从西陵渡到天台山》是东方浩的第九部诗集，收录诗人近年来沿浙东唐诗之路采风而得的140余首诗歌。由于题材的专一性与独特性，这部诗集中，耸峙着江南的奇峰秀峦，氤氲着江南的云气雾岚，流淌着江南的水声鸟声，闪烁着江南的人文遗存，几乎呈现了一个全息的江南，是一部用诗行摄录的江南影像片。

浙东唐诗之路是一条自钱塘江经绍兴，而后经浙东运河、曹娥江至剡溪再达新昌，直至台州天台及温州的诗意之路，是我国继丝绸之路、茶马古道之后的又一条文化古道。诗集按采风路线，共分"西陵潮声""稽山鉴水""东山风云""剡溪两岸""沃洲天姥""天台流韵"六辑。这些诗歌，刻录着诗人流连于浙东唐诗之路、漫溯旧时光、寻觅唐诗之魂、寻找肉体与灵魂安放之所的跫音。正如诗人所言，"所有的寻找/只是为了完成一个曾经的诺言"（《西陵渡》），在寻找中，"多少暗处的事物 ——亮起来"（《安昌的光线》）。

浙东唐诗之路，有着优美的自然风景和葳蕤的历史文化，有着灿烂的人文景观和富饶的江南物产。诗人徜徉在山岩、湖溪、河渡和坑坞之间，用脚步丈量浙东唐诗之路的长度，登高山以啸傲，邀明月、清风与同饮,和春燕、鹭鸟、游鱼、野鸭相嬉戏,共天光云影、瀑布松涛而徘徊,沉醉于古道、寺院、牌坊、钓台、书院、驿站、拱桥、台门、作坊、石刻、越剧、窑址等文化遗存,赏梅、椎、桃、梨、樟、桑等江南物产。诗人凝视着眼前的自然山水和人文景观,发怀古之幽思,兴沧桑之浩叹。

浙东唐诗之路,是谢灵运、许询、王勃、李白、孟浩然、王籍、方干、徐霞客等古贤开拓与铺就的一条诗歌之路。诗人追慕先贤高风,神思邈邈:"那年春天 王勃这个彗星一样的诗人/肃立在仙岩溪畔/春风肯定吹动他的衣衫/宽大的袖子 仿佛旗帜在风中起伏"(《仙岩溪畔》);"我知道 归隐山林的许玄度钓的不是鱼/他钓的是清风、明月与闲适/钓的是高古、飘逸和玄谈"(《虚构一场午后的垂钓》);"风中响着四五种鸟的叫声 王籍前辈说/此地动归念"(《秋风吹过若耶溪》)……在与山水和先哲的对话中,诗人的灵魂得到抚慰。

浙东唐诗之路,是一个远离尘嚣、洗涤心扉的所在。古贤们的寄情山水,也引发了诗人对隐逸生活的向往之情。《在钱家岭古道》《这个春天的南山村》《岭顶人家小聚》《秋风中的大佛寺》《楼塔之夜》《夜上乌泥岗》《外婆湾的天空》《在雄鹅峰农家乐》《下马桥前》《在安昌的茶馆喝茶》《金庭观小憩》《五百岗看日出而不遇》等大量诗篇,抒发的就是诗人的这种山水之志:"它的幽静和一尘不染是城市人的梦"(《在钱家岭古道》);"我已经不再理睬 城市的喧嚣和繁杂/安静的一颗心 听到了从前的跳动与吟哦"(《金庭山水之间》)……

诗集最触人心弦、引人共鸣的,是诗人对时光的感伤:"谁的容颜 将在镜中一声叹息"(《铜镜的故事》);"这眼前的祭台 又一次告诉我众多消失的秘密"(《端午,登梅山》);"从一座石桥到另一座石桥/是一个朝代的故事/延续到另一个朝代"(《雨中的安昌》)……这种岁月之叹,在《鹿门书院》《铁陵关遗址》《夜行剡溪岸》等诗篇中,表现得尤为强烈:"有了八百多岁 当初的时光叫宋/那时的流水、清风和明月/有书香、墨香和长吟短歌的香/……/旧时的花格窗和台阶 还有谁/在倚靠 在轻轻移过"(《鹿门书院》)。

诗人凝视万物,感受细腻。譬如"在目光的高处 一列高速列车呼啸着钻入隧道/我抚着栏杆的手掌 忽然察觉到一丝轻微的颤抖"(《铁路桥遗址》);"苔藓到处蔓延着/它们的表情 跟老人一样的与世无争"(《路过》);"今夜我随手打开一册线装书 就触摸到/西陵渡的波涛 用五言七言的桨声拍我的心跳"(《西陵渡》)。且时以议论点睛,如《又见晋樟》《在书院旧址》《车过马溪》《平阳寺送别》《在大岩岗》《仙岩溪畔》《横板桥村速写》《谢家庄村口》《虚构一场午后的垂钓》《在雄鹅峰农家乐》等诗。

诗集体现了一种呈现的艺术。在诗人笔下,那"漫山遍野的白色花朵 是失传多年的对白"的重兴寺、"诵唱的声音/越过了高大的围墙"的桐柏宫、"在这片山林中修行/他们安静肃穆 从不开口说话"的大佛寺、"三个切面/分别指向三个古老的州府和三种乡音"的鞍顶山、"一支支迎亲的队伍/吹吹打打地经过"的廊桥、"耸立在秋风中白的墙/黑的瓦 乌漆的门"的台门、"安静地坐在岸边/一根根鱼竿伸向江水"的垂钓者、"祠堂、牌楼和一扇扇紧闭的门/都流露着一样的表情"的古村,等等,都以一种生动而真切的面目,浮雕般从诗行间显现。

诗集抒发了诗人对行走在消逝中的农耕文明的深情礼赞与深挚怀念。《那个身披蓑衣的背影》《老台门堂前》《秋日贺家池》《肖金大有堂台门》《一座古村的最后一个秋天》《秋日走进胡卜村》《沃洲山小住》等诗篇,就萦绕着这样一种沧海桑田的怅惘心绪:"时光的流水 正从远处漫上来/一切注定要消失 那些山岗将成为岛屿/而一千五百年的乡愁要成为水声 夜夜拍岸"(《秋日走进胡卜村》);"那些迁徙的人 像鸟儿一样离开的人/是否还在远方的深夜怀念故园"(《沃洲山小住》)……

诗人近年参加的浙东唐诗之路采风多是群体活动，因此，诗集中跃动着一批采风诗人的身影："村里的书记带着一群远方的诗人/又一次踏上古道　诗人们列队而行"（《黑风岭小记》）；"诗人们整齐地举着手整齐地呐喊/这样一种致敬的姿势　是对古老流水的热爱/是对高山和清澈的感谢"（《龙潭桥上的风景》）；"一群诗人　从四面八方赶来/他们的仰望是诗歌的仰望/他们的沉吟是远方的沉吟"（《西白山的风》）；"远方的诗人请集合在这棵古老的樟树下/仔细聆听树叶们的声音　这些朴素的叮咛/就是失传已久的经典"（《黄昏时刻的合影》）……

我同时注意到，诗集中有个高频出现的词——"新鲜"，譬如："即使苔藓漫遍每一处岩壁和小径/仍然会有新鲜的脚步　零落响起"（《沃洲山小住》）；"古老的村庄　就要被新鲜的流水深藏起来"（《一座古村的最后一个秋天》）；"一座旧时的书院　露出了许多新鲜的表情"（《风吹贵门山》）……"新鲜"这个关键词，不仅表明诗人拥有类同诗歌《在安山村玉泉堂听越剧唱段》所言"古老的祠堂传出年轻的音乐"这种从古旧的事物中发现新萌芽的强大发现力，同时也表明了诗人对新生事物的审美偏好与审美追求。

诗集《从西陵渡到天台山》是自然与历史的奏鸣、天地与心灵的交响，流溢着一种缱绻的古典江南情愫，语言清新、柔美、洁雅、大气，具有一种安静的大美。意象古典、造境辽阔，譬如"蛙声即将四起　月光就要照耀群山"（《逆流而上》）、"陶里的光芒/闪烁在江南的流水之上"（《在陶里》）、"一把二胡的流水　像另一种光芒悠扬流淌"（《刀锋岩》）这类诗句，令人读后齿颊生香。当然，由于收录的是题材单一的采风诗，这部诗集也就难以避免地存在着采风体诗歌的某些局限性，这些也是必须要指出的。

涂国文
2021年7月16日。夜，于杭州

目录

第一辑

西陵潮声

夜半樟亭驿，愁人起望乡。

——白居易《宿樟亭驿》

西陵渡

运河的水荡漾着浙东门户　最初的倾听
已经被深夜的风　拍打成树叶的低语

渡口的船　总被岸边的灯笼照亮
酒楼里的对饮和畅叙　刚达到七八分的酣意

一群又一群从远方到来的人　羽扇纶巾
内心里充满远游的激情　充满东南山水的梦幻

所有的寻找　只是为了完成一个曾经的诺言
全部的脚印与诗篇　再一次抬升了美的高度

照壁上的墨迹　还在流淌古老的气息
书斋里的朗读　传递着太多唐朝的口音

今夜我随手打开一册线装书　就触摸到
西陵渡的波涛　用五言七言的桨声拍我的心跳

2018.10.06

铁陵关遗址

春秋的风　唐宋的云
元明清的硝烟和号角声
此刻　都已经沉寂成平淡的岁月
在十月的秋光里　显示出家长里短的颜色

一座关隘　只能在深浅浓淡的文字里
找到刚毅的背影
一阵又一阵凛冽的气息
在那些仿佛遗忘的诗篇里留下了颤动与起伏

而我的目光　而我略显苍老的手掌
久久停留在一根孤独的石柱上
冰凉而粗糙的岩石　残缺而低矮的柱子
它告诉我　时光的叹息与铁一般的意志

2018.10.05

樟亭，或西兴驿

大唐的吟哦　还在那些青石板的缝隙里
隐约响起来　就像那些青草在十月的风中轻轻摇晃

钱江的潮声已经远去　众多的背影依然清晰
入越或者离去　驿站的灯光无疑是难忘的叮咛

那些年的马蹄声声　那些年的鸿雁来去
那些年金榜题名　那些年浪迹江湖

无论月光下芭蕉的巨大投影　轩窗里的朦胧
无论朝阳里高大的骏马嘶鸣　旗帜下的豪情

迎来送往　酒或者诗是不能缺席的
歌或者舞　就是风景就是山高水长

短暂的停留　其实是无限的留恋和回忆
短暂的停留　其实是无限的开始和寻觅

这个十月　我徘徊在古老驿站最后的青石板上
无数吟唱　仿佛亲切的乡音落叶般包围了我

哦　我必须写一封信写一首不押韵的诗
寄到那一年　寄到那些渡钱江而来的诗人手中

2018.10.05

龙潭桥上的风景

这个春天　龙潭桥的安静被突然打破
一群远道而来的诗人　用惊讶的目光和叫喊
侵入古老的河流、乡村和青山

就连王勃的诗句　也再一次从泛黄的书籍里
清晰地闪烁在阳光下　仿佛一种微笑或者赞叹
——走进这群后来者的心中

村民们熟视无睹的拱桥、石阶和浪花
今天却被更多的诗句轻轻抚摸
而春天的风　同样是轻轻地传递着一样的心跳

在龙潭桥　诗人们整齐地举着手整齐地呐喊
这样一种致敬的姿势　是对古老流水的热爱
是对高山和清澈的感谢——必须记住这瞬间的风景啊

一条溪流的古朴和沧桑　总要被无数年轻的嗓子歌唱
一种流水的清凉和甘甜　总会被许多深沉的诗歌品尝
四月的这个正午　楼塔溪的声音漫过岁月的堤岸

2018.04.23

湘湖上的野鸭

硕大的游船　划破平静的湖面
波浪的力量冲向远方　而一群野鸭
它们保持自身的平衡　在我的凝视中悠然起伏

一只　两只　三只……它们的数量正在增加
它们神情自若　似乎在享受某种幸福
它们轻轻的晃动　是否想告诉我此刻内心的想法

一群野鸭更多的野鸭　就这样在城市的中心地域
拥有自己的平静和世界　与水草、游鱼和鹭鸟们
一起书写着和谐的含义　书写着水的诗句

哦湖上的清风　再一次吹乱我的头发和目光
如果可以选择　我真的愿意走出游船
悄悄地滑入水中　在春天的湘湖里
像一条真正的鱼　划一下右鳍再划一下左鳍

2018.04.23

黄昏的酒厂江

黄昏时刻的酒厂江　泛起了仕女的酡红
远处的天空上　晚霞正在一缕一缕地飘着

而江水翻腾　它们欢快的声音在晚风中四散
一起摇晃的　还有紫色的鸢尾花和两岸的柳条

而我不动就像临河的高楼　我在城南桥上看风景
看春天的气息从江水中涌上来　看窗户后慢慢亮起的灯

再过一些时间　黄昏的手将覆盖那些散步的人们
覆盖他们安逸和怡乐的表情　只有水的清澈依旧

在酒厂江的暮色里　我深深地呼吸
是的　我居然闻到了渴望中的那种醇香

2018.04.25

在安山村玉泉堂听越剧唱段

古老的祠堂　传出年轻的音乐
所有的鼓板与唱腔
依次传递了我家乡的声音

在萧山浦阳的一个村庄
我这个来自嵊州的异乡人
居然又一次被熟悉的节奏与旋律
陶醉——一群萧山人的口中流淌我老家的口音

仿佛找到了亲戚　仿佛遇见了乡亲
老旧的祠堂里　相遇老旧的曲调
真的需要两眼泪汪汪　才能注解这一刻

这样一个午后的短暂时光　我和六十多个
来自他乡的诗人　一起沐浴着百年越剧的流水
曾经浮躁的灵魂　会不会从此安宁
从此一直像安山村周边的狮子山　保持倾听的姿势

2019.03.30

铁路桥遗址

浦阳江上风好大　吹乱每一个人的目光和衣衫
一座废弃的铁路桥却一动不动
它被拆除全部铁轨　它被改造成狭窄的公路桥
被小车、农用三轮和自行车　轻轻碾轧

而此刻　一群陌生人的脚步和议论
就像另一阵风　在三月的最后时光
拍打那些锈迹斑斑的钢铁护栏和螺钉

一座铁路桥　再也没有了疾驰的速度
没有了咔嚓咔嚓的震颤
更令人难过的是　没有了无限的远方

只有春天的浦阳江　水势浩大新柳勃发
运沙船依旧不动声色地顺流而下
在目光的高处　一列高速列车呼啸着钻入隧道
我抚着栏杆的手掌　忽然察觉到一丝轻微的颤抖

2019.03.31

浦阳江边垂钓者

一群钓鱼的人　多么安静地坐在岸边
一根根鱼竿伸向江水
一棵巨大的柳树投下更加巨大的阴凉

我在江堤上漫步　体会三月的春风吹面
体会桃花与梨花的盛开
风筝就在头顶的空中飞翔　它们的平稳
来自风　更来自一根细长的线

可是那些垂钓者　并不关心我的注视
也不留意风筝的轻盈　更不会凝望
一群旗袍女子　袅袅婷婷地在花丛中穿过

这个梨花节的日子里　这一群钓鱼的人
只是把安静的背影　刻写在我的诗行之中
他们的关切　不在身边的春暖花开
而在浦阳江水深处　那些看不见的鲜美和芳香

2019.03.31

路遇梨花开了

三月的阳光下　梨花开了
这一面山坡　一片梨树林的花朵
一直通往蔚蓝的天空

许多小蜜蜂飞来飞去　飞来飞去
它们在花朵上面　只是停留一小会
就匆匆赶往下一朵

而我没有翅膀　无法像蜜蜂一样飞翔
在三月的春光里　我久久地站在一棵梨树下
看着一丛丛梨花　在蜜蜂的翅膀下轻轻晃动

更多的花苞　还在不断长大的过程中
更多的花朵　就要在不久的将来盛开
而我即将离开　而小蜜蜂将一次次飞到这里

这样一种春天的大戏　总在这个野外自然上演
花朵与蜜蜂　阳光与无边的春色
是注定的主演　——我只是路过的一个观众

2019.03.16

楼塔之夜

今夜的楼塔　被诗歌的声音点亮
大同一村的文化广场
所有的吟唱都来自星辰的诗篇
一个个面孔　洋溢幸福和圣洁的光泽

秋风吹拂每一束目光
秋夜的凉　渗透月色般朴素的感叹
乡村的夜晚　诗歌的节日

一个陌生的乡镇　响起熟悉的诵读
那些流水的波涛
漫过生活的堤岸　浸润心跳

舞蹈或者歌唱　沉思或者仰望
仿佛另一种鸣叫——叩打农家的窗户
今夜　我毫不吝惜我的掌声
为楼塔为诗歌　为内心里久久的感伤

2020.09.06

重兴寺遗址

阳光穿透竹林　所有的杂草
发出绿光　与枯叶轻轻呼应
青苔爬上倾倒的石柱、石础和破碎的瓦片

那堵断墙还立着　那口古井还张大着眼睛
它们在反复接受陌生人的探询
但始终沉默着　不发出一声回音

庭院的痕迹　在草丛里蜿蜒
像时间的长蛇　勾勒着当初的鼎盛
深处的竹根　继续挖掘线装的记忆和钟磬

那位姓许的隐士　他青衫的身子
多年以后端坐在金庭山水之间
一样的洞天福地　一样的晨钟暮鼓

是的　那是我的剡溪两岸
漫山遍野的白色花朵　是失传多年的对白
从重兴寺到金庭观　从百药山到瀑布山

2020.09.06

仙岩溪畔

那年春天　王勃这个彗星一样的诗人
肃立在仙岩溪畔
春风肯定吹动他的衣衫
宽大的袖子　仿佛旗帜在风中起伏

那年春天的阳光　也感到十分荣耀
溪水泛起波浪
两岸的野草花　比赛着开放
最骄傲的是那些不看人脸色的巨石

寺庙的钟声沿着风声走向远方
祠堂里的肃静　在柱廊间回旋
这一天　春天的气息充满整个楼塔
而王勃　仿佛春天的风眼旋转着

当我来时已然2020的秋天　流水清浅
青草渐黄　其实季节和时间不是距离
在一行诗中　在四行诗中
秋风的凉　渐渐升腾春天的暖和香

2020.09.07

孟浩然夜宿镜台峰下

也是一个春天　山涧的水彻夜响着
山顶的月　没有人欣赏
泉水正在满起来
这些春天的情意
滋润青苔和虫鸣

僧房里那个远道而来的陌生人
他无法入睡
今夜的失眠其实来自白日的兴奋
镜台峰　仙人洞　玄度岩
这些梦一般的情景　一一重现

罢了罢了　索性披衣下床
磨墨铺纸　让山林岩石茑萝夜鸟
统统醒过来　《宿立公房》——
许先生今夜有所叨扰　你的山水被我召唤和独享
窗外的夜露　被我接了一滴又是一滴

2020.09.07

虚构一场午后的垂钓

楼塔人指着水边那块巨大的岩壁
说这是仙人岩　是许玄度垂钓的地方
我没有钓竿　也没有鱼饵
这个午后　我寻找到一块小石头

我确信这就是当年许先生坐过的那一块
我也坐下来
我虚构的钓竿和鱼线　正伸向水面
这溪水的清澈跟当年没有什么区别

有所不同的是　周围的房子太多
来往的车辆太多　山上的树木
和林间的鸟鸣　也湮灭了太多
还有　水中的鱼久久不上钩

仙人岩　其实是一幅无名的冷清的山岩
它一直临水耸立
受着风吹雨打以及酷暑寒冬的侵袭
当然　也受着许玄度脚步和沉吟的叩打

我知道　归隐山林的许玄度钓的不是鱼
他钓的是清风、明月与闲适
钓的是高古、飘逸和玄谈　这个午后的
秋风中　我的一场虚构又钓的是什么呢

2020.09.09

第二辑

稽山鉴水

唯有门前镜湖水，春风不改旧时波。

——贺知章《回乡偶书》

走陶宴岭古道

今日山中静寂　无鸟鸣
无虫叫　只有十二月的风
吹动满山树叶

就连二十个人的脚步和对话
也被古道的沧桑
——消磨　而渐渐细碎轻盈

山腰道旁　肃立一组枫香
它们高大　它们的叶子已经所剩无几
可它们的无声　恰是对古道的另一种注释

一个拐弯处　两位老农弯腰搬动石块
坍塌的一角　挺直了
而修路的人不曾留下姓名

古道幽长　陶宴岭又名陶隐岭
好名字呀　终于偷得半日闲
退出城市　在此地暂隐片刻

2012.12.10

下马桥前

在下马桥前　我其实无马可下
我只是停下疲累的脚步
停下过于兴奋的目光

前朝的旧事　早成了后人的谈资
多少沧桑　只有石阶和苔痕在反复言说
而流水不断　漫山竹林幽深如海

江山总是美好　时光的追兵从来不曾止步
那么　在日铸岭在下马桥
是否可以放开那匹疾驰的无形之马

就让这一颗落满尘埃的心　在上升的石阶前
在枫杨和红楠的苍翠里
收获一小片静谧、清凉和香茗溪的甘甜

2016.05.17

平阳寺送别

平阳寺的风　吹动檐角的风铃
也吹动大和尚的僧衣
金黄色的翻卷　传递着
别样的温暖

他肃立在寺院门口
目送一群俗世的诗人
风中的寒冷　似乎离他很远
风中的雨滴　不沾他宽大的衣衫

与整座平阳寺相比　他的身形
显得瘦小　黄色的围墙下
他的挺直　仿佛一句低沉而清晰的祝福
定格在风雨之中

2016.05.17

云门寺素描

一座古老的寺院
一个年轻的僧人

曾经有王羲之的真迹
曾经有陆放翁的草堂

六寺的香火不再在秦望山下缭绕
大唐的吟哦依旧在若耶溪上起伏

今日此刻　我也慕名来到云门寺
我不写诗　我只是抬头识字

云——祥云的云　门——佛门的门
清——清心的清　慧——智慧的慧

2016.05.17

瞧，就在那里

只有这一汪水了　安静着碧绿着
对面山上的浮云
遮挡不了我眺望的目光

兰若寺水库的大坝上
风很大风很冷　吹透我单薄的衣衫
也吹乱我的思绪

四面青山　倒影入水
喧哗的人声　似乎一点不影响水的神态
旧年的香火和诵经声
没有一丝痕迹了

可是　一位老农坚定地说：瞧，就在那里
有断砖残瓦　有倾颓的院墙
——事实上　真的只有一汪平静的水
正好　阿兰若者本为寂静没有苦恼烦乱的地方

2016.05.18

雨后的长岭村

湿润的气息　从天空远山
一直延伸到脚下的道路
渠道里的流水发出欢快的歌唱
水中摇晃的草　仿佛凌乱的节拍

山巅的雾　呼应着百十人家的炊烟
成群的玉米、南瓜与枣树　它们的呼吸
被我一一抓住　就像那些乡土的味道
轻轻洗刷我的目光和心跳

在一条清洁的小巷　在一口满溢的古井
我匆忙的脚步　忍不住仔细地打量
在一幢渐渐倾颓的老房子前　在一张充满期待的面孔
我好奇的心　蒙上一层别样的雨雾

而更多的红砖瓦房　正在旧房子的丛林里生长
而一个个记忆深处的土灶　还在火焰里温暖着时光
这样一个村子　再一次被六月的雨水淋湿
这样一个村子　被我陌生的眼光亲切地抚摸

当我进村　我记住那一句朴素的民谣
"长岭地方真正好，上有祠堂下有庙"
当我离开　我再一次注视那座青石的亭子
一副关于天地人的对联和三个老人安详的面孔

2018.06.10

在梅里尖远眺

浑厚的梵音　在十月的空气里颤动
风吹动山间的树枝
时光的清凉慢慢笼罩我的目光

一颗心已经安静下来
它的跳动　居然有了大地的节奏
因为丰收的召唤
因为田野上一层层起伏的金黄色

那么多村庄　一一展开
他们被道路与河流　紧挽在一起
就像一群致力于劳动与创造的人
呼应着向前　向着生活的纵深处挺进

这个秋天　我肃立在梅里尖的山巅
惊喜的目光　被阳光拉得更细更远
仿佛丝线　闪烁着缠绕着福全的山水与庄稼

2018.10.08

又见贶石湖

秋天的湖水　　露出她最斑斓的色彩
天空的高远和鹭鸟的翅膀
穿行在起伏的浪波之间
柳树的轻盈与芦苇的翠绿
摇晃在拍岸的微风之上

湖中央整齐的渔箔　　湖对岸
错落的黑瓦白墙
告诉我什么叫做江南水乡
一座蕴含神秘传说的古老湖泊
其实一直珍藏着那些消失的古老韵味

仅仅是一只敞口水泥船　　咿咿呀呀的摇橹
就能够远离城市的喧嚣
就能够在一汪湖水中
找到从前的美好和安逸
稻子即将收割　　新米的香渗透岁月

好吧　　那就继续在狭小的田埂上走一程
在深入湖水的石阶上坐一坐
甚至摸几颗青螺　　摘几枚红菱
又见贶石湖　　我诗歌的触须被秋风吹动
我内心的弦　　被湖水的十指轻轻弹拨

2018.10.10

雨夜，丹家村

从雄鹅峰农家乐院子走出的瞬间
冷雨和深沉的夜色　一下子包围了全身
目光与呼吸　不约而同受到惊吓

顺着王崇线　从安基湾村到横山路村
只有手机的光　照亮山间的道路
所有的对话　都与寒冷有关

雨滴敲着雨伞　脚步敲着山路
风吹动我们这群陌生的面孔和议论
群山早已隐入黑暗中　包括茶园和肃立的树

这个山村的夜晚　一只狗叫起来
另一只也叫起来　而无边的黑依旧不动声色
无边的冷雨　轻轻落在几颗早春之心的跳跃上

其实　那片温暖的灯光一直等在那里
在村落的深处　在雨的那头
仿佛柳暗花明　仿佛一声旧日的呼唤

2019.03.22

五百岗看日出而不遇

这个早晨　黑暗还布满整个世界的时候
早醒的沧海已经探出目光　测量了窗外黑的厚度

凌晨5点20分　一支渴盼相遇五百岗日出的
小分队　匆匆出发从横山路村前往蹬地尖

东边的山头高处　隐约的曙光正在升起
村庄还在沉睡中　四双眼睛满怀希望与焦急

比心跳更急促的是脚步　比曙光更快速的
是大雾的手掌　仿佛太极宗师划出最大的圈

所有的茶园渐渐清晰起来　山村和道路
也有了新一天的气象　而树木保持肃立的表情

几只认真的中华田园犬　认真地向着我们吠叫
穿过王崇线穿过那片花木林　穿过三户人家

广阔的茶园弯曲的山路　蹬地尖的高度
仿佛一种独立特行的姿势　无言在寒冷的晨风中

必须赶在日出之前　必须看到那个五百岗的太阳
它的红　它的万丈光芒　它的遥远与切近

……即使至乐的脚步最迅疾地站在山巅
即使所有的目光最用力地盯住那片淡淡的红

而日出　不可否认已经被浓雾轻轻地拦在背后

只有对面的岭头山村　一会儿清晰一会儿模糊

这个早晨　我只能够俯视四周的茶园与村庄
只能够眺望远处的雾——与日出不能相遇

这个早晨呀　在如此连绵起伏的五百岗
我远来的身影　是否就是五百以外的一个小山岗呢

2019.03.23

在雄鹅峰农家乐

一个冬日的约定　借助这个春天的夜晚
开放成一朵硕大的花　在雄鹅峰农家乐

今夜海拔六百米的寒风　都关闭在窗外
今夜这一张农家餐桌　排列着整个山村的热情和芳香

家养猪做的腊肉　新挖的毛笋　现杀的丹家鸡
胡葱炒鸡蛋　水煮野芹菜　清蒸石斑鱼

最惊艳的是红豆杉的红豆　浸泡在自家烧的白酒
古老的树木年轻的殷红　岁月的沉厚被轻盈地举起来

在这间简陋的农家乐　乡村的故事和传说
是另一种美酒　在灯光和朴素的述说中缓缓流淌

今晚我在这个山村停留　仿佛生命长途的一个驿站
短暂的时刻　却有无限的醉意

是的　在五百岗我始终无法辨认山峰的雌雄
但我清楚记得　在鹅峰山饮下了多少杯乡野的好酒

2019.03.24

秋风吹过若耶溪

对岸的芦苇正在黄下去　它们的摇晃
与溪水有着一样的节奏
这个秋天　我走过若耶溪
我被溪水的清澈拉住了脚步

远处的山　它们的青还是如此厚重
连绵起伏　仿佛在奔跑
作为一群山　它们会跑到哪里去呢

而高尔夫球场上的人　他们的身影
也被秋风吹着　细小又清楚
就像是秋天里的又一种草木或花朵

若耶溪　一条古老的溪流在秋风中蜿蜒
两岸的树枝间　再也没有一只蝉了
风中响着四五种鸟的叫声　王籍前辈说
此地动归念——我在近水的石头悄悄坐下

2019.10.18

若耶溪的早上

东山顶下来的光线　照亮了这个早上
所有的生命　那么远的距离
在光线面前都不是距离

流水多么平静　像一面镜子
映照整个天空　十月的清凉
在空气中弥漫　仿佛那几行古老的诗句

不同的季节　不同的朝代
有一样的气息　总被敏感的心跳
仔细地察看　被目光反复叹息

这个早上　我以一个陌生人的身份
模仿一只迁徙的候鸟　在水边的芦苇丛里
走来走去　整条溪流的亲切包围了我

我不知道我这样一种暗灰的背影
在众多晨练者的视线里　会是一个什么词语
但在我　似乎回到了久别的家园

2019.10.19

在陶里

陶渊明的行踪　被一册典籍的几行文字
清晰地记录下来　多年以后的烟尘
一一散去　陶里的光芒
闪烁在江南的流水之上

这一天　午后的阳光照耀着村口的荷塘
所有的叶子已经枯干和撕裂
只有挺立的身子　告诉我曾经的气节
而清水的深处　依旧蜿蜒沉默的言辞

村路多么干净　农家的房屋如此俨然
虽然此地平坦不见南山　花朵遍地没有菊花
而柳树在秋风中轻飏　如同一大块青翠的玉
大片的诗歌仿佛另一种竹林　吟哦着沉思着

在陶公像前　我的目光可以寻觅他的目光
我站立的姿势　也可以模仿他的姿势
只是这一片秋风中的园田　不是我的园田
我开口说出的　也不是从前的五言七言

2019.10.24

夏至日，路过十里荷塘

原木的栈道　弯曲着伸入荷塘深处
大面积的碧绿　正被六月的风肆意吹拂
一层一层起伏着　仿佛波浪涌上天空

炎热的气息　是另一种无声的言语
告诉我节气的秘密　而低处的清水
也在晃动　轻轻洗涤着每一杆笔直的茎

只是一汪清水　就能够滋养万千的翠绿
只是一丛阳光　就能够托举无限花朵
那粉的黄的白的光泽　已经闪烁在六月的脸庞

这白昼最长的日子　辽阔的荷塘
占领了我全部的眺望　更加辽阔的清香
正在六月的风中开始喧哗
它们的声音　其实是来自泥土的颤动和关切

此刻　如果我能够拥有一对透明的翅膀
我就要向那一只金黄的小蜻蜓学习
飞过十里荷塘　飞过每一朵花——
最近距离地说出我内心的敬意

2019.06.15

鉴湖素描

七月的夜晚　水的宁静
一直向远处漫溢
埠头边的敞口船　纹丝不动

那一对年轻的夫妻　不动
低低地对话　在船舱顶等待着风
等待着夜色把湖水的清凉抬起来

岸边的柳树　不动
而且模糊　鉴湖前街的灯光
走到湖面之后　它们也不动

那座斑驳的水泥桥　它想动
却没有办法　而桥上的人们
正在走来走去　我也从桥上经过

比一阵风更轻　暗淡的灯光
无法照亮人们的面容　鉴湖的清凉
古老的诗篇　迟迟没有出现

这个七月的夜晚　我流着一身汗
在岸边徘徊　就像一个贪小便宜的人
希望捡到旧时代失落的珍宝

2007.07.04

在梅林中

这些梅花是沉默的
即使香气在漫山遍野地流淌
只有蜜蜂在喧哗

我也不敢发出声响
在青石铺就的曲径上
我像风一样行走　风一样贪婪

我的衣衫、发梢和呼息
盛满了梅花的香　我开口说出
一句话　如同一朵梅在开放

再过几天　梅花就要凋谢
再过几天　梅花的瓣和香
要沉入泥土　沉入记忆

哦　梅树们的喘息让山坡
也开始微微颤动
土地提前感知了梅的重量

我仰望　我的手攀住梅树的枝条
我在梅林中站立的姿势　是否
像一棵模仿的梅树　在游人眼中

花期短暂谁在珍惜　又如何珍惜
这个黄昏　光线在渐渐暗淡
上弦月就要升上天空

2010.02.21

东村：月光梅林

暮色在青梅酒的醇香中
渐渐合拢　最早的一群星星
露出小眼睛　而月亮不曾到达
喝酒的三个人　还在继续

去年的梅子　已化作漾动的水
这浸制了一年的滋味
清冽而醉人　仿佛眼前这些
一层层漫过来的月光

我顾自喝酒　夹一块竹园鸡
又夹一只青青的饺子
我们不邀请月亮　就让它
独自行走在梅树的枝梢

今夜　在月光梅林中
我只是喝酒　我不写诗歌
这个名叫世外桃源的农家乐
有风有花香　还有鸡飞和狗叫

而月色终于如同涨潮的大水
淹没梅林和我的目光
在曲曲弯弯的小径上　我摇摇晃晃
像月光一样行走着　回到城市里

2010.02.24

铜镜的故事

穿过细雨　穿过博物馆高大的门厅
我在一面面铜镜前端详
泥土深处埋藏千百年的金属
再没有了当初的光泽
从春秋战国　到唐宋元明
每一面镜子　以纹饰、瑞兽和人物车马
叙说着不为人知的祈祷和愿望

尽管蒙尘　尽管锈蚀
那些线条依旧灵动
那些翅膀依旧展开
走近铜镜　是走近无数个生命的内心
白发红颜花黄　云鬟斜髻玉簪
或许剑眉或许愁容　或许浅笑魇魇

铜镜尚存世间
那些临镜而照的人　早已不知踪影
比如那面唐朝的镜
它静卧在梨花木的妆台
如果我伸手揭起　并缓缓地转过来
——谁的容颜　将在镜中一声叹息

2012.01.27

安昌的光线

在那暗黑波面上闪烁的
是安昌的光线　船底和木桨
轻轻擦过　仿佛一双双手
所有的温柔　都化为波浪
一层一层漾开　直至坚硬的堤岸

沿着春风的台阶　安昌的水
一一上升　斑驳或者坎坷
被另一种光线照亮　而脚步声
在更深的巷子里回响
惊动经年的尘埃和苔藓

当新的春天来临　每一扇窗户
将应声打开　在雕栏后面
会有粉嫩的脸和笑容
慢慢亮起来　它们的亮
要唤醒多少期待的目光呢

安昌的光线　被众多的话语传递着
在石桥的栏杆　在庭院的花架
那声苍老的咳嗽　转过身来
如同水面的波纹
把一片落叶　托起又沉下

现在　一把桃木的小梳子
正要梳理满头的青丝和烦恼
现在　一扇布满格子的木窗
正要缓慢地启开

在一所庭院　在一间阁楼

多少暗处的事物　一一亮起来
一颗心要回到从前　一颗心的诉说
被流水清洗　一颗心被安昌的双手
捧起来　如同一颗真正的星星
在暗夜的天空

是的　全部道路找到了一个方向
全部心灵　仿佛一群羊
被一片水草地呼唤着　匆匆赶路
在安昌的光线中　一颗心
和另一颗心　在靠拢在轻轻吟诵

2010.03.02

雨中的安昌

雨中的安昌　所有的白墙和黑瓦
所有的小桥、流水和人家
同时透出一种光泽　它们在闪烁

只有水边的长廊　依旧幽深
檐头的雨水　无法遮挡视线
我看见古镇露出青春的容颜

从一座石桥到另一座石桥
是一个朝代的故事
延续到另一个朝代

小巷深处的台门　吱呀一声
为我打开众多的秘密和传奇
钱庄或者茶馆　仿佛一册线装的典籍

一百年的青石板　又一次被我的
脚步　轻轻叩打
这些古老的记忆　一年年坚硬着

依旧安详　依旧昌盛
水边的安昌　仿佛一座巨大的舞台
众多人物　合演着一出生活的大戏

一座小镇　被大地和流水包裹着
而安康寺的风铃声　如同另一种雨水
飞鸟般在安昌的上空　久久飞翔

2010.03.02

在安昌的茶馆喝茶

方桌　条凳　板壁
灯光黝黯　木柴的火焰
溢出灶膛

一群老人　头戴毡帽
各据一方　喝水的声音
比说话还响亮　有韵有味

每一张布满皱纹的脸
在灯光下模糊　就像那些
板壁上不知年份的贴图

这样一种黯旧的氛围
是茶馆的表情　使每一个
路过的人　发出惊叹

迈过那条已经破烂的门槛
如同回到从前　我选择一个角落
悄悄坐下　我不敢咳嗽

在蒙蒙水汽里　我闻到
茶香以外的另一种气息　像一只手
慢慢抚平了我急促的心跳

2010.03.02

端午，登梅山

天空湛蓝　白色的云朵在缓慢地移动
城市的高楼　无论远近都是如此整齐地排列着
而艾叶和粽子的气息
正在大街小巷里　满怀喜悦地流淌着

民间的情感　总像是一朵朵浪花
不经意间就在时光的河流里冒出来
古老的习俗　泥土的叮咛
仿佛一种基因　在端午的风中吹过来

站在小山上　四周的树木和青草
也在风中摇晃　它们的记忆里
是否也有关于当初的呐喊和欢腾

那些辽阔的水面　确实没有呼啸的鼓点
而沉淀千年的河底　应该有朽烂的舷板和刀剑
这眼前的祭台　又一次告诉我众多消失的秘密

风中的梅山顶　端午的光线里
所有隐去的都会一一重现
那些旗帜、图腾和纹身的人群
而我必须是其中的一个　手持菖蒲忘我呼叫

2018.05.16

岭顶人家小聚

一座村落在陶宴岭顶　十数幢
白墙黑瓦的房子　仿佛离世独立的
隐士　保持着肃穆与寂寥

这高高在上的姿势　可以开门见山
与对面的葱绿相看两不厌　可以高山流水
用屋后的清泉　清洗双手的尘埃

不需要众鸟的飞翔　只要有风吹过
吹动竹林轻轻晃动　而雨滴
晶莹地落下　而枯叶的舞蹈在半空上演

一幢旧房子　因为一群陌生人的对话
它的神态与表情　也一点点新鲜起来
就像空气　被雨水洗得越发的甘甜

掇一把泛黄的竹椅子　我们坐在屋檐下
喝茶聊天看风景　看门前石阶的颜色
一点点湿润　看一棵棵小青菜更加鲜嫩

再次偷得半日闲　做一回陶宴岭的过客
我幻想着把新联村3号改写成闲人之家3号院
它呀只需要提供一种服务——清风白云　免费发呆

2018.11.25

古筑村口

古筑村这个名字　最先叫苦竹村
村子周围的山坡
漫山遍野的竹子是苦的

其实　那个古书里记载的古城
更能够引起我的向往
那是春秋战国的一座城池

至于那些关于古筑先人
采矿炼铁的故事　延续下来的
事业　现在也终于画上了句号

在古筑村口　在漓渚铁矿的井口
我来回的身影　被强烈的光线
照耀着　地上的影子多么黑呀

我用一把折扇挡住阳光
耐心地读完橱窗里的全部文字
回过头　看到村子周围的山

依旧高耸着　翠绿着
几根电线细细地勒过七月的天空
一辆乡镇公交关上车门　驶离停车场

2019.08.16

秋日贺家池

这个秋日　贺家池的波涛
轻轻拍打我的目光
站在皇甫庄村口　包公殿的香火
依旧映照着乡村岁月

从那座桥下　那些晃动的水面
一点一点向我走来
贺家池　一个泛滥善意的名字
现在如此真切地铺展在我的面前

据说这是诗人的放生池
不知道千百年来　还有哪些鱼虾能够
梳理清楚自己的家世传承
还保存着当初的一丝怜悯和寄托

乡音或者鬓发　吟诵或者叹息
都在流水中荡漾
哦　如果我伸手探入水中
会不会捞起贺先生的那几行诗句

这个秋日　内心的清凉已经呼应了季节
两棵古老的樟树　肃穆在秋风中
想起贺家池的沧桑悲苦
我的眼里忍不住泛起另一种细小的波浪

2020.09.28

大坂湖速写

这些都是秋天的波浪　像媚眼
她们在向谁传递着内心的喜悦呢

湖中的绿洲　庄稼还奔跑在成熟的途中
稻穗还不够饱满　颜色也不够金黄

鹭鸟在翩翩飞舞　它们的翅膀
仿佛牵住了秋天的风　一缕一缕覆盖在湖上

我眺望的目光是另一种丝带
缠绕着渡口小船、岸边乌桕和远近的村庄

从小溪到江河到浩大的湖　流水总在变换着名字
但不变的是流淌　从南到北奔向钱塘江

而我在这个秋天　凭借游船奔驰在大坂湖上
不管拥有怎样的速度　也成不了钱江潮的一朵浪花

2020.09.29

从宝林禅寺前走过

一条狭小的道路　仿佛一枝树的分杈
蜿蜒而下　无数石阶在竹林之中
如同另一种竹鞭　坚硬地虬曲在地面

从宝林禅寺前走过　寺门紧闭
梵音不响　放生池的清水里
一只龟与另一只龟　晒着午后的阳光

一起被阳光照亮的　还有黄色的院墙
高高翘起的挑檐　以及石坎下一小片菜地
而风铃叮当响了几下

透过门缝　大殿的庄严像风一样
吹了出来　诵经的人正在午睡
修行的草木还在寂静地修行

栖息在丛林和山谷深处的宝林寺
它的安静会不会被我陌生人的脚步惊扰
它的明亮是否被我的走动遮挡了几分

半月之后的这一个星期天　一样的秋日阳光
照耀我城市的阳台　我坐在几盆花草间看书
忽然想起了从宝林寺前走过时的情景和气息

2020.11.15

高粱红了

又见高粱　它们整齐划一
站在东山头村的田野上
在十二月的风中　红彤彤地立着

此刻　天空也被映照得红起来
我仰望的目光
也布满火焰的颜色

饱满的红高粱　沉甸甸的红高粱
它们的沉重　连风也止住了步伐
只有农妇的镰刀
才能够一一放倒

窸窸窣窣的声音　是它们在田野里
最后的声响了　可我知道当红高粱
蕴藏了一个季节的情感　以另一种火焰流淌
它们的喧哗　必将惊动无数个黄昏和深夜

2020.12.13

夜过九流渡

那个冷风的夜里　走过九流渡
灯光隐约
车声沙沙

九流渡早已经没有渡口
没有夜泊的船
桨声、桅灯或者溢出船舱的琴音
这些都只存在于想象之中

想想九流渡这个名字
此地应该是多么的繁华和热闹
但今夜我路过时
广阔的河岸已然是一个大工地

工程告示牌告诉我
这里要建一个九流渡商贸中心
哦　还是要感谢开发单位保留了这个名字
让像我这样的路人能够流连忘返一下

或许　将来的商贸中心也会繁华
人流如织　但现代商业的模样
终究是欠缺从前那种闲适雅静的气质

2020.12.28

在飞翼楼鸟瞰

正月初三　阳光的高亮打破气象预告
风中充满春天的气息
所有的行人　如此开心恬静

我来到龙山　这古老城市中心的小山
它蜿蜒的道路
盘旋着岁月的全部痕迹

在飞翼楼　它敞开的大门
就像时光隧道
带我上升到最初的瞭望

古越国的记忆被无数文字一一记载
当我登临最高处
一座城市的面目如此真切

它的熟悉现在呈现陌生
它的切近现在变得辽阔
而远山依旧青翠
而河流依旧泛出耀眼的波光

古老的城市如此安静地
踞卧在江南的土地上
春天的光芒　照耀
每一条道路、桥梁和方向

在飞翼楼　我更加近距离地
靠近了春天的阳光

我看见　沧桑的言辞
流淌出无数崭新的表白

2021.02.14

第三辑

东山风云

不向东山久，蔷薇几度花。

——李　白《忆东山》

东山雨雾

这样一团东山的雾　又一次
被我的目光真实地打量
岁月的高度　在细雨中一点点上升
一条道路　蜿蜒着通向另一个巅峰

我将安静下来　如同这一座江南的小山
只有竹林中的清风
搅动我的凝望　只有始宁泉的绿
把清澈一一注入我的诗歌

作为一个朴素的诗人　我混杂在
更庞大的队伍中
仿佛一棵树　生长在山林中
一滴水　漾动在宽阔的池塘中

东山之雨现在渗透我的思绪　我放弃了伞
如同放弃古老的盾牌　我的手抚住青石的华表
我的体温　是另一种淡淡的言语——
是的　我留下了我的叮咛和方向

2013.01.16

祝家庄的蝴蝶

五月的细雨中　祝家庄的蝴蝶
成群结队　飞舞在草木之上
无论是花开之处　或者青枝绿叶
它们与不多的几只蜜蜂　一起飞舞

祝家庄如此安静　祝府也安静
曾经凄美的故事　现在被一些新鲜的
图片、桌椅和长长短短的文字
平静地记录和叙述

从上虞城出发时　我就注意到路边的蝴蝶
它们一路相伴相随　而祝家庄的蝴蝶
似乎更为众多　它们忽高忽低地飞舞
却始终　与我保持一段距离

它们拒绝我的靠近——这是人与动物间的
距离　还是现实与历史的距离
我无法解释　祝家庄的蝴蝶缠绕我的目光
它们说些山伯与英台的言语　谁还在细听

而玉水河　已经不复当初的模样
河水不够清澈埠头不够古老
连乌篷、明瓦和画舫　也不曾有一艘
只有蝴蝶　千百年来一直缠绵一直厮守

2013.05.22

058

东山这座山

东山这座山　是座有故事的山
东山的高度　不在于海拔
拜访东山　我走得轻松
油门一踩直接到达巅峰

已经两次了　每次都遇上雨
莫非东山是座雨的山　风云的山
那回是早春　这次是初冬
共同的感觉是冷　阴而湿而冷

东山真的安静呀　始宁泉不起一丝波澜
连国庆寺的风铃　也不响一声
只有一群诗人的脚步和议论
惊扰着公元383年的刀枪和嘶鸣

所有的喧哗　都隐在历史深处了
谢安的目光依旧凝望着　以雕像的姿势
如果有第三次　我一定选择步行
我要用脚步　最真切地丈量一下东山的高度

2015.11.24

一个碧绿的约定

桑叶在风中起伏　这个五月的早晨
这些被一夜雨水清洗过的叶子
仿佛大地的微笑　在我的眼前一一舒展

因为一个碧绿的约定　我在丁宅的乡野行走
从一个村庄到另一个村庄
从一片桑园到另一片桑园

是的　因为桑叶的气息和呼唤
我无法阻止我内心的蚕
在此刻急速地苏醒　并踉跄着奔向桑园

桑叶青青　更青的是吹拂在周围的风
夏溪清澈　更清澈的是远树枝条上的鸟鸣
而山巅的雾岚　是传说中的纱巾吗

这些乡间公路　这些桑园阡陌
写满了宁静与祥和　所有的脚印
都泄露了时光的小秘密和生活的喜悦

面对挂满枝条的桑果　我还能用
什么词语来形容和描绘呢　我的手指
比我的舌头　提前尝到了深紫的甜和美

一群诗人就这样被丁宅的桑园拥入怀中
而我　在桑园的边缘和一棵桑树亲切合影
我希望　在桑树们的眼中我是另一棵桑树

2012.05.14

杨梅红了

杨梅的红　是一粒粒火炭的红
在叶丛间燃烧
被风吹拂　被我的目光寻觅

杨梅的红　是一个传说的红
这民间的话语
比风更迅疾　比我的泪光更凄迷

杨梅红了　红在五月的窗口
红在二都的山岭　从一座山
到另一座山　杨梅们多么漂亮地站立着

而我的迟到　是不可弥补的失约
在六月的最后一天　我的歉疚和惆怅
是另一颗杨梅　在二都的枝头挂起来

它要一直挂到来年　一直挂到
更新鲜的翠绿和红　覆盖我的念想
这陈年的香醇和甘美　必须我自己来尝

2012.08.21

在上浦禁山越窑遗址

——2014年全国考古十大发现

雨后山路的泥泞　仿佛是一种暗示
上升或者蜿蜒
茅舍或者树林

把当下的一切全部忽略
我专注于一千年前的青瓷碎片
这是一群越窑遗址　像方阵像队伍

它们整齐地排列着
火焰早已熄灭　窑工们不见踪影
可是漫山遍野的碎瓷　就是一个个来不及发出的词语

要说些什么——我又能够听懂什么
十一月的细雨充满凉意　在岁月反复淘洗之后
在上浦禁山　我从破碎的瓷片看清了完整的光芒

我终于安静下来　不敢喧哗
我怕惊扰了青瓷的旧梦　更怕内心的星火
不小心点燃了那年的柴火

2015.11.23

章镇：在茶园里走走

在茶园里走走　只剩下辽阔、静谧和风声
十月的阳光下　茶树们的绿
没有一丝杂色　它们整齐地起伏着
就像一大片真正的海浪

茶园的波浪　没有呼啸和暴力
它们从天的这一头　一直漫向那一头
它们掠过我的身子时
如此轻柔　不曾摇动我的凝望

深入茶园的小径　可以跟茶树们
最亲密地接触　可以最真切地听到
茶树们的细语和呢喃
在秋风中　阳光给了它们另一种光泽

当我离开城市　来到这乡间的茶园
一望无际的绿　正在渗透我的呼吸和心跳
我卸下所有重负　一步一步走向茶园深处
如果风再大一些　我会飞起来像那只鸟掠过茶园的上空

2014.10.19

肖今老街上的油作坊

老街的河边　两间简陋的房子
一台榨油机　两三个工人
一家小工厂就算开张了

菜籽油的芳香　溢满整条街
排队等候的乡邻
在岸上　在水上

自己种的油菜　自己来加工
农民的日子　充满了自足的骄傲
划船而来的老两口
船舱里堆满色彩和欢乐

作坊里面有点暗　作坊外阳光灿烂
这是十月的阳光　仿佛一种笑
映在每一张脸上　这个时节
生活的每一个角落　弥漫着新油的香

2015.01.17

肖金大有堂台门

从皇甫庄到大有堂台门　是迅哥儿
从外婆家到姨母家的路途
无论水路陆路　不需要半天
吱吱呀呀的船　穿村过庄的路
但我猜想　周家三兄弟
还是比较喜欢水路的　那一种悠闲
在许多旧旧的文字里见过

现在　我站在肖金后街20号
乌漆台门　诉说着无穷的沧桑
大门紧闭　我无法看清门背后的陈年往事
但我看见:绍兴府会稽县的字样
说出了曾经的归属　横眉冷对的诗句
也说出了这一幢老房子的
某一种渊源和情爱

大有堂　一个充满了朴素祈求的名字
此刻还有什么呢　梦一样凋零在岁月深处
老街在一天天老下去　只有高大的台门
耸立在秋风中　白的墙
黑的瓦　乌漆的门
而门前的小河
流水不再清澈　船也不再经过

2015.01.17

注:清时啸唫(肖金、肖今)属于绍兴府会稽县,民国时期撤会
稽、山阴设绍兴县,二十世纪六十年代划归上虞;现属上虞区道墟
镇,设居委会。大有堂台门系鲁迅大姨母家旧址,鲁迅幼时常来此
地。今台门尚存,无人居住。

瑞象寺听风

这个午后　周围的群山露出深邃的表情
所有的竹子和树木　在轻轻摇晃
在瑞象寺空旷的院子里　我抬起头
仰望更加辽阔的天空　那些云朵缓慢地行走着

而风声中　那千万片小小的彩条
也在呼啦啦地吟唱　仿佛另一种朗诵的声音
一丝一丝地走入我的内心

这样的时刻　其实不需要言语的交流
古老的风　沧桑的风
它经历了多少呐喊、刀光和废墟呀
风的记忆里　只有暮鼓、晨钟和袅袅青烟

一个背影消失在风中　无数个背影消失在风中
那些挺直的脊梁　那些沉思的头颅
此刻被风中的诵经声　清晰地一一描绘出来

2019.12.29

在书院旧址

哪一本乡村的典籍　或者方言的对话里
还保留着旧时书院的名字
和读书人的面孔呢

在贾塔　在这一座青山脚下
书院早已倾颓　那些晨读的童声也已湮灭
而山腰的几棵老松还青葱地挺立着
而山脚的这一口木井　还有清泉汨汨石上流

金木水火土　全部的物质
都可以点缀生活的精彩和安宁
古老的命名里蕴藏着多少深沉的渴望呀

每一种稚嫩的读书声都意味着对世界的重新发言
每一棵幼小的树苗　终究会长成大树
一口木井溢出的清水　最终滋润了多少远去的身影
那高大的松那峻峭的山　就是一册直立的宗谱

2019.12.29

黄昏时刻的合影

一棵晋朝的樟树　以一千五百年的目光
仔细打量着脚下这一群陌生而熟悉的诗人
没有长衫也没有羽扇　但神情还是从前的神情
心跳也跟早年　有着一样的节奏

南源的天空　因为一群诗人的到来
也更加高远与蔚蓝　而暮色减缓了它的脚步
黄昏的宁静被现代的言辞　反复打扰和感叹

来吧　远方的诗人请集合在这棵古老的樟树下
仔细聆听树叶们的声音　这些朴素的叮咛
就是失传已久的经典　在这个黄昏被你我继承

有多少人能够聆听到晋朝的风声和吟诵呢
有多少仰望能够遇到一千五百年的亲切目光
暮色真的深了　可我的眼睛却能够看清太多的隐秘
在南源村　我的手终于握住了岁月的厚重与庄严

2019.12.30

走过丰惠

古老的运河依旧泛起新鲜的浪花
六月的雨水
湿润每一片黑瓦和每一块青石板

从西大街到东大街　岁月的痕迹
深陷在高挑的屋檐
模糊的字迹、雕花的门板和石窗

"天以丰岁，加惠我民"　温暖的话语
再一次在空气中四处蔓延
像另一种雨水　湿透凝视的目光

一座桥跨过河水　又一座桥跨过
一只乌篷船　静泊在空埠头
它在等待谁的桨声呢

九狮桥的栏杆还在回忆从前的欢笑
所有的荣耀都值得有形或无形的记录
而石牌坊上的飞禽走兽　正在雨水中活过来

一座千年古城　一条老旧的街道
在六月的这一天　被陌生的脚步轻轻叩响
哦　这是一个诗人　一群诗人
对一行黑白诗句的一次阅读和丈量

2020.06.03

又见晋樟

这棵1500年的樟树　在雨水中
更加翠绿　更加葱茏
它巨大的枝条　仿佛又展开了一些
它繁茂的叶子　似乎也多了一些

但它的目光和表情　依旧那么慈善宁静
它潮湿的身子　在我的手掌里
传递古老生命的秘密　风的声音里
真的有模糊的吟诵　在起伏

再一次走在南源村　雨水浸润晋樟
也一样滋润每一道仰望的视线
六个男人手拉着手　轻轻围住古老的樟树
它是否会一一听清楚此刻的六种心跳呢

都是年过半百的心脏　都是一样的怀着敬意
一滴雨水落下来　又一滴雨水落下来
这来自树叶的轻　却有千百年时光的重
沿着我的发梢脸颊　慢而清凉地滑过

2020.06.09

第四辑

剡溪两岸

剡溪蕴秀异，欲罢不能忘。

——杜　甫《壮　游》

风吹贵门山

风吹贵门山　秋天的光线
挂满一棵三百岁的枫香树
它在山坡上轻轻晃动叶子
它其实是另一座山

一座旧时的书院　露出了许多新鲜的表情
宋朝的方言　又一次被地道的贵门人
——翻译和繁衍　仿佛那片竹林
起伏着喧响着柔软着——翠绿着

青石径　黄泥路　落叶沙沙
高处的风景　需要最高远的目光
而水往低处流　它们的汇聚
铺展出秋风无法抵及的深和蓝

此刻我席地而坐　周围的一切都在泛黄
而秋风继续吹　吹遍贵门山
如此安静辽阔　我想找出几句致敬的句子
可惜只能够轻轻摇晃　像一片叶子或者一棵草

2013.11.19

在钱家岭古道

十一月　秋天已经露出了三分娇艳
阳光的手掌　抚摸着每一棵树
漫山翠竹　依旧满怀春天的笑
在秋风中　轻轻地发出声响

一条古道　从山脚的钱家岭村口开始
一百年　甚至更久远的卵石台阶
早已被时光打磨出另一种光泽
它们在我的脚下　一声不响也不晃动

路边的野花在开放　草丛中的蚊子
比任何小动物　都更加夸张地
追逐着　喧闹着
泉水的清凉和甘甜　被交口称赞

曾经是山里人通往集镇的必经之路
此刻　在漫漫竹林的掩映下
在秋风和光线的勾勒中
它的幽静和一尘不染　是城市人的梦

枫树红了　水杉黄了　竹叶纷纷飘落
那么多的叶子正在渐渐透明
一条道路被目光反复擦洗　它的上升和弯曲
居然跟一颗心的跳动　有着一样的节奏

2013.11.10

外婆湾的天空

在外婆湾村口的泥墙屋前
我注意到一棵梧桐树的叶子　在飘落
三五片　六七片　在风中缓缓地飘下来

更多的叶子还在树枝上　有些青绿
有些灰黄　它们在微微摇晃
树枝也在摇晃　周围的一切都在摇晃

掠过树梢　我惊讶地看见蓝天和白云
没有一丝杂质的蓝和白
这是外婆湾的天空：高远、纯净和安详

这是一幅梦幻般的天空　我在泥墙根前
默默地坐着　一把旧竹椅
有着跟泥墙一样的颜色和情绪

但依然结实　在松软的泥地
留下四个浑圆的痕迹　而四面的山坡上
大片的竹林　正在呼啸像是秋天的另一种风

多么辽阔的天空呀　我的目光
轻易地触到了远处的山岗和田野
而斑斓树叶　也直接挂在我的肩头

在十一月的风中　在一座日益荒废的小村庄
生活的秘密依旧在老房子的堂前保存着
一张旧桌子一个土灶头　一帧照片黑白在板壁上

小小的村落　安静在辽阔的天空下
小小的我　不安在露天的光线里
被天空的蓝和白　描绘成一片秋风中的叶子

2013.11.11

鹿门书院

书院已旧　它的年龄细算一下
有了八百多岁　当初的时光叫宋
那时的流水、清风和明月
有书香、墨香和长吟短歌的香

吕规叔的一念之间
筑就了一方经典
朱熹先生等等的讲座
留给贵门山的岂止是宏论和视野

可以隔尘　可以出云
可以听鹿鸣竹林　可以看雨打芭蕉
旧时的花格窗和台阶　还有谁
在倚靠　在轻轻移过

一扇无限珍贵的门　由此打开
在西厢房　在一张崭新的书桌前
我坐下来　端正身子　凝神静气
仿佛八百年前的一个无名学童

2015.01.21

深秋某日途经普安寺

这肯定不是去年的那一片叶子
但它飘落的姿势
和枯黄的脸色　却是如此熟悉
就连触碰地面的那最后一记震颤
也丝毫没有改变

又是深秋　风从高处吹下来
风从路的那一头吹过来
我那些深藏在暗处的叶片和想法
陷入了多么混乱的状态
就算我咬紧牙关　又能坚持多久

而古寺的外墙　被阳光照亮
它的金黄　被一座青山衬托着
被无数修长而翠绿的竹子环抱
诵经的声音　多么齐整、自然和洪亮
在深秋的风中一丝不乱　高高地升上天空

2012.11.03

这是秋天时刻

这是秋天　我在一片连绵的群山间
在一条清澈溪流上
我坐在一只橡皮筏上顺流而下

而岸在高处　更高的是树林和天空
在这一片山谷中间　我已经在低处了
比我更低的　是水中的游鱼和沙石

宽阔的水面让我的筏子旋转　找不到方向
湍急的流速和下跌
惊悚着我久居城市的心跳

这是秋天　午后的阳光和风
吹乱我的目光和喜悦　丰收的气息飘满山坡
石桥上一位老农歇担小憩　微笑着看待我们的惊呼

茶园里三五位采茶的女子　没有一个抬头四顾
她们不理会水面上的人群　在这个秋天
对她们来说　采茶叶是唯一的欢乐

与水相亲　与秋日的水相亲
在一个叫下王的山镇　我在清溪的流水之上
像一片叶子湿透　而清凉洗去我内心的燥热

山多么绿水多么清　秋天的金黄还在山外
这里的秋　是安静、清纯和天蓝云白
这个时刻　我拥有了两个秋天三种感恩

2014.08.31

在白雁坑仰望秋日的天空

周围一圈青山　被蔚蓝的天空
衬托着　它们有着同一种表情：纯净
在西白农庄前的那片空地
我仰望秋日的天空　从南往北
从北往南　这一条宽阔的空中通道
是百十年来　大雁们的必经之路

一年年大雁们从远方来又到远方去
它们飞翔的姿势和队形
被西白山的每一座山峰和竹林记忆着
甚至　每一块裸露的岩石
也记住了大雁们的鸣叫

一位上年纪的村妇　在午后的阳光下
告诉我村名的来历　一瞬间
这一座闭塞的山村
就有了最快捷的信息通道
大群大群的雁　其实是一种象征和向往

此时　我仰望白雁坑的天空
顺着她的手指　我找到了大雁们的道路
尽管这个午后还没有一只一群大雁飞过
但我真的看清楚了　那是一条多么宽阔的飞翔之路
空旷、洁净而蔚蓝　再过十天、二十天
白雁坑的天空　就会天天传来大雁们的鸣叫

2014.10.06

在农家乐见到一盏煤油灯

山村的农家乐　是一座老台门
旧时的格局　没有改变
桌椅板凳都是原生态的
天井里　青苔依旧漫延
杂草也在一丛一丛地生长

门楣上的题刻　依稀难辨了
雕花板上的人物花鸟　也黯淡了表情
一座近乎废弃的老院子
现在　焕发出了新的欢快
在一群陌生而好奇的眼光里　神采奕奕

灶膛的柴火正旺　锅里的米饭正香
灶台上一盏老旧的煤油灯
一声不响地立着　它经年的油污
早已洗净　没有灯芯没有油
却有一种光亮在闪烁

这是一盏早已退出生活的煤油灯
现在高高地搁在灶顶　我知道
它曾经的光芒　映亮过无数个夜晚
无数个面孔　也映亮无数的
快乐、忧愁和无聊

灯盏的时代　真的早已消失了
无论山里山外　岁月的流水一去不返
只有怀旧的情绪　像灶膛里的柴火
一波一波地亮起来　如同土灶的饭香
总被持久地回味赞美

2015.01.19

四只稻桶

四只稻桶搭起的一小片舞台
两个唱书艺人和他们的赤脚朋友的粉墨登场
不经意　开启了中国越剧的伟大序幕

公元1906年3月27日　农历三月初三
一个必须清楚记载史册的日子
东王村　香火堂前　八卦台门
乡亲们的喜悦　被尺板笃鼓无限烘托

曾经最普通的农具　曾经盛放丰收和稻谷
现在盛放的是吟哦调的婉转和嵊县方言的亲切
《双金花》《十件头》　这是小歌班最初的芳香

一百年后的音乐　流水般到处流淌
一百年后的光线　依旧敞亮着东王村的台门祠堂
众多的眼睛和耳朵　沉溺在凝望和倾听之中
以一丛翠竹为背景　两个人的塑像面露微笑

2015.01.18

谢灵运垂钓处

此处水面辽阔　江风徐来
此处水清潭深　帆船远去
一个长衫背影依然肃立在高崖上
钓竿细微　而鱼线更加细微且长

风从头顶吹过　这是秋天的风
湛蓝的天空　还没有鸿雁飞过
只有云朵　在一丝一丝移动
而江水的流　已经快过云朵的速度

可以想象　当年的垂钓
完全是一种闲情逸致　乘兴而来
兴尽而返　有鱼或者无鱼
不是最主要的

那么　在经历了一千六百多年的今天
一个写诗的人　满怀敬仰
又一次来到这里　这一个两手空空的人
想钓什么？又能够钓起什么

2015.10.18

谢家庄村口

一块巨石肃立　一起肃立的
还有一棵古樟、三棵枫香
而涧水依旧流淌　沼福桥依旧沧桑

这是谢灵运的隐居之地
这是方干的题诗之处
这是众多唐宋诗人纷至沓来的地方

十月的阳光把整个村子照亮了
另一群热爱诗歌的人
因为内心的呼唤　一二三四聚集在村口

与前贤们相比　这当然是一群微不足道的人
可是　在山水面前在岁月面前
这同样是一群为美而孜孜不倦的诗人

只是　谢灵运可以抛下红尘隐居此地
而千年后这一群年轻的爱诗者
只能够匆匆经过　只有内心的浸润久久起伏

2015.10.18

关于『嵊山』摩崖石刻

石刻的传说很多　我只是信一种
这一种跟谢灵运相关

相关的还有一条几近湮灭的小道
从丛林中荆棘里　一点点蜿蜒上升

就算十月的阳光再强烈些
也无法照亮那么久远的历史

就算十月的光线再明亮一些
也无法重新勾勒　日渐黯淡的一笔一画

但我真的相信　这就是谢灵运
当年的题刻　在一次跋涉之后远眺之后

通往石刻的道路　确实找得辛苦
要感谢文字和乡亲　为后人留下方向

现在　我在喘息未定时刻　用手机
小心拍下"嵊山"和另一段更不可辨的石刻

大师的痕迹前辈的歌咏　我将如何承载着
一步一滑　再次艰难地下山

2015.10.18

在小昆

从春天通往夏天的途中
我遇见端午　在小昆
一个海拔 500 米的山村
诗歌的声音　被山风和流水
一次次吟诵

因为太白山的召唤　远方的诗人
用长长短短的句子
表达内心的敬仰
那些已经消逝的背影和面孔
再一次被山的翠绿一一衬托

一群姓马的人呀　用八百年的时光
奔跑出一个高出地平线的故事
所有的荣光　所有的美
在风雨中　在那群古老的香榧林中
此刻　又被新世纪的目光仔细打量

岁月的深处　再一次传来马蹄叩打大地的声响
在画图山的高处　云朵流动着青春的姿势
古老的村庄　闪烁最新鲜的光芒
在扶风亭远眺　在梯云涧静听
一块沧桑的石碑前　谁的手在轻轻抚摸文字的温暖

一条道路　写满了深深浅浅的脚印
更多的道路　正在朝着更高的海拔攀登
小昆的气息　洗尽我城市的喧嚣

一颗心　就要在这里跳动出陌生的诗篇
一声赞叹　就要在眼前的山谷久久回响

2017.05.30

老台门堂前

在一座老台门的堂前　我和众多的外来者
一起抬头　仰望那个燕巢里吱吱呀呀的叫声
和老燕子匆忙来去的身影

稚嫩的叫声　来自张开的嘴巴
整整一排大嘴　在等待凌空而来的食物
带着五月的温度和甜蜜

一群年过不惑　或者年过半百
甚至更加苍老的人　仿佛一群少年儿童
痴痴地仰望着倾听着

黝黑的梁柱间　残留着去年前年
甚至更早年头　燕巢的痕迹
燕子一年年筑巢　一年年养儿育女

小昆村的这一座百年老屋　年年都有
新鲜的生命　在黝黑的梁柱间张望
它们轻轻晃动的样子　就像是刚刚开放的花朵

燕子们的爱　就这样被老屋的沧桑庇护着
而雏燕们的叫唤声　其实是另一种亮光
照亮了一群陌生人　仰望的目光和内心的感叹

2017.06.05

又见剡溪

那些流淌在线装书里的诗句
又一次被十二月的阳光照亮
在仙岩　在古老的剡溪边
枯黄的芦苇和青翠的柳条　在风中摇曳
它们的起伏　其实就是高高低低的吟诵
被我的目光　专注地倾听

波光渐渐远去　清水在身边荡漾
仿佛一面巨大的铜镜　把十二月的天空和山色
一一收藏　在漫花滩在白鹭洲
我像一个找到了稀世珍宝的人　小心地
捡拾着岁月的旋律和平仄
如果苇丛深处传来翅膀的拍打
如果那一叶扁舟为我而停下晃动

哦　清澈的波浪再一次拍打堤岸
也拍打我探入溪水的双手
它们的冰凉是另一种手　安抚我内心的燥热
是的　在剡溪边我必须停下匆忙的脚步
作为一个饮着剡溪水长大的诗人
今天　我应该把千年前的诗篇
用嵊州方言大声朗读　古老的美
新鲜的光芒　就像一坛醇酒在风中打开

2017.12.18

金庭观小憩

不是因为疲累　这个春天的三月
我在金庭观小憩　碑廊里漫步
石阶上坐坐

可以触摸那些舞蹈的墨痕
可以凝视这棵不动声色的古柏
而风声　从四围的山坡吹下来

殿堂楼宇　每一座都是仰望的高峰
花草小品　到处都凝聚大师匠心
一个古老的故事　在春天里散发最新鲜的光芒

翰墨的气息　比风更有力量
渗透所有的目光和赞叹
在山水之间盛开的　是来自《兰亭序》的芬芳

哦　如果时光能够随我的心意倒流
那就流回那一个太阳初升的早晨吧
我就是案桌旁　那个研墨的小书童

2018.03.25

金庭山水之间

天气晴朗　阳光照耀而风轻轻吹
诗歌的队伍在金庭山水之间流淌
我是其中的一朵浪花　悄悄开放

我知道　这样的一片山水之中
肯定留下了无数古人、近人与今人的脚印
他们的仰慕与吟唱　今天又被我的脚步惊醒

就像春天来到　草木们自然复苏
花朵们自然盛开——东南山水、剡中风光
曾经被多少诗行反复咏叹、被多少笔墨精心描绘

公元2018　我追随的脚步是否就是最新的诗句呢
李花已经开满山坡　全部的白正在山坡与山坡间
起伏　最初的绿呀正一丝丝浸染她们的白

而环村的流水多么清澈　古朴的老宅多么平静
从瀑布山、灵鹅峰到卧猊山　所有隐藏的气息
都在这个春天　被众多的目光一一挖掘出来

再一次的天朗气清　再一次地饮酒松树下
可惜的是　就算我的脚步再快
也赶不上当年的风流、潇洒与不羁

但就是这样短暂的半日　这样春风一度的时刻
我已经不再理睬　城市的喧嚣和繁杂
安静的一颗心　听到了从前的跳动与吟哦

2018.03.26

山居小赋

有茅屋若干　竹林深处小径通幽
春来杂花随便开　秋至众鸟四处鸣

清泉之水　当然要从石上漫过
七八棵老松下　必须有一方石砌的棋桌

品茗对弈或吟诗　翻书独坐或发呆
有多少慢就多少慢　有多少闲就多少闲

可以漫游访友三五天　可以水边独钓大半日
就让太阳顾自高挂　就让月色白白流泻

青草的光就是瀑布的水　笔墨的线就是时间的须
真该留下生命深处　那一种埋藏多年的念头

如果茅屋被秋风吹破　那就再加一层茅草
如果秋风被岁月吹散　那就再迎接明年的大雁

如果一场对弈被一阵突然的小雨湿透
如果一行沉吟多日的诗句被一只野兔惊了……

其实　所谓的山居仅仅只是一种幻想呀
却是如此的强烈——因为金庭的春天因为金庭的山水

2018.03.26

榧农家的午餐

价格昂贵的山珍　居然是餐前的果品
仿佛是餐桌上最常见的瓜子花生

榧乡的农家乐　每一家都把香榧当做了寻常物品
与高山茶一起　成为招待客人的第一道菜

这些历经三年风霜才成熟的山果
它们的香脆　其实是时光的结晶与雨雪的气息

一枚坚果　我无法知道它来自怎样的一棵榧树
或许十年　或许百年　或许千年甚至更为久远

仅仅是一顿平常的午餐　却让我相遇无数
岁月深处的言辞　在正午的光线里闪烁亮光

我肤浅的目光　真的不能够读懂一棵榧树的深刻
静静地剥开一枚枚香榧　仿佛与久远的时光轻轻对话

2018.11.11

与一棵1300多年的榧树合影

必须用温热的手　扶住你的枝干
并且慢慢地抚摸和辨别　就像一个失明的人
终于找到了向往已久的盲文读物

必须仰起头　凝望那些翠绿的枝头与叶片
并且仔细地寻找那些细小的果子
和更加细小的花苞　用目光轻轻交谈

面对一棵1300多年的榧树　必须有
庄严的表情肃穆的情绪　我渺小的生命
在漫山遍野的榧树林中　真的不如一棵枯黄的茅草

不能与榧树一起承受风霜雨雪
也不能闲看涛走云飞　千年岁月静好
此刻我只能与你合影　满足我对古老的敬畏与虚荣

如果我青葱　我愿意做你一枚绿油油的叶子
如果我沧桑　我愿意成为你一小片皲裂的树皮
如果有前生　我想应该是一名山农劳作在你的树荫下

2018.11.12

在香榧博物馆小坐

一座黄氏宗祠　华丽转身为香榧文化博物馆
祖宗们的声音依旧萦绕在柱梁间
清一色的榧木　用百年千年的坚韧
撑起农业文明的古老与不朽

午后的阳光　斜斜地照射着空旷的戏台
没有演出　却有喧嚣与弦乐鼓号
从穹顶般的藻井洒下来
仿佛久远的记忆　在光线中一一闪烁

置身于祠堂　如同穿行在另一片榧树林
尽管它们不再翠绿　不再开花挂果
但岁月的沉重与沧桑　却以另一种色泽
和质朴　呈现在十一月的山风中

竹笠蓑衣蜈蚣梯　石磨跺柱青油灯
这些亲人般的器具　多么安静地卧在祠堂的墙壁下
关于香榧关于农业　会稽山真的有太多的话要说
而我唯一的任务　就是满怀敬意地倾听

2018.11.15

车过马溪

车过马溪　我的眼前竟然清楚地出现
马家祖先异乡人的面孔
一次选择　就这样繁衍了一个家族
从此异乡就是家乡　远方的家乡反成为他乡

一个村庄的存在　离不开高山流水
一条最细小的溪沟　也可以成长为
阔大而汹涌的河流　奔流四方直至大海
就像马姓家人　蒲公英般迁徙雪球般滚动

家族的故事　有的在泛黄的族谱里出没
有的在眼前的山水之间流淌
更多的　已经像风一样飘向天南地北
仿佛一片叶子一种歌唱　在更多的异乡青葱和起伏

一匹马或者一群马　他们的背影被光线刻画
他们在天地间的啸吟　正被更多的目光注视
像一种老北山的口音　被熟悉或陌生的耳朵记录
奔跑的马蹄　那些翻卷的尘烟是另一种崭新的文字

无论平淡如眼前的泥土石块　在十一月的风中静默
像青草一年年枯黄　像榉树保持最初的纯粹
无论显赫如金色的勋章旗帜　在万众瞩目的高处
耀眼的光芒　照亮无数虚拟或真实的道路

车过马溪　颠簸的道路上方正延伸新的通衢
轰隆隆的机械声音　似乎覆盖了流水的吟唱

却无法淹没它的奔跑和潜流　在大山之外
在百里千里之外　古老的马溪正跳出最新鲜的心音

2018.11.19

眠
牛
弄
水
库
的
某
一
天

阳光如此的晴好　这一天
我专程前往　内心里一直有个小愿望
那片深入水中的杉树　应该红了

十一月的大地　青葱的依旧青葱
枯黄的早早枯黄　甚至凋零在地
稻草垛三三两两　肃立在空旷的田里

我从大坝上走过　辽阔的水面与天空一样深蓝
对面的山脚下　那一小片杉树真的如同火焰
在两种深蓝之间　安静地燃烧着

而一群垂钓的人　他们在浮排上坐成另一种景色
在深蓝色之上在远离堤岸的水中央
专注于浮标的颤动与下潜　以及出水的闪光

其实　在时光的旷野和季节的流水面前
我又何尝不是一个垂钓者呢　只不过
我目光的丝线和锋利的钩　专注于另一种鱼

2018.11.24

小昆有雨

这一天是端午　小昆的雨
淋湿了每一行诗句
就像那些古树的叶子
泛出惊人的光泽

海拔500米的吟诵　在一个古老的祠堂里
回响　熟悉的面孔陌生的声音
就这样被戏台、柱子和目光
深刻地记忆　艾草的气息在雨水中漫延

更加古老的气息　总在这个日子泛滥
仿佛一种心跳　仿佛一种绿
在高山与丛林中　无声地流淌

山涧的流水　注定要汇合在河流的下游
全部陌生的词语　终究要交融成一样的感叹
端午的小昆村　每一个诗人与乡亲有着一样的专注

2019.06.07

在梯云桥畔听雨

桥下的流水哗啦啦地扑腾着
它们的白沫　在石头缝里打转
细小的瀑布　从每一道缝隙里冲出来

山里的雨已经下了半天　没有停下的意思
我从祠堂里出来　站在这座古老的石拱桥畔
看远山的雾缠绕　听脚下的山泉奔腾

其实　这一切都是模糊的
唯一的清晰　是一滴雨在叶上的歌唱
它的单调它的低微　就在我的头顶

当我抬起头　它的声音就清楚地进入我的视线
透明细小清凉　像是一只小手搭在另一只手上
哦　这就是一滴雨——古老的拱桥　新鲜的雨水

2019.06.08

雨中又过苍岩

春天的雨　如此细小又缠绵
过苍岩大桥　在村口的栏杆前停车
这个疫情时刻　每一个村庄都有守护的乡亲

而江水已经涨起来　埠头的石阶被水浸没
只有三五丛长茅草　露出叶尖在水面摇晃
那几棵高大的糙树　依旧坚挺地肃立着
它们早已看惯了风雨和大水　保持从前的表情

而我　也已经听说了征收和拆迁的消息
一个一个红色的"征"字　方方正正地印在斑驳的墙壁上
像是一个一个大红印章　盖在一份一份的通知上

作为一个陌生人　我再一次行走在苍岩的老街
这些旧日的房屋、排门和窗户　都沉默在细雨中
而那家篾匠铺的一炉炭火　火光勾住了我的视线
小超市里　店主与邻居正在议论新冠肺炎的最新数字

2020.03.30

西白山的风

今日立冬　西白山的风
在阳光里四处张望
它跟我的目光碰撞　跟所有的感叹
轻轻握住手

一群诗人　从四面八方赶来
他们的仰望是诗歌的仰望
他们的沉吟是远方的沉吟

山坡上的茶园依旧绿着
山间的枫树开始红了
而檬花正在盛开　野果已经熟透
一条上山的道路　铺满窸窸窣窣的落叶

这是午后时刻　天空多么蓝白云多么白
只有山风　它们的清凉吹进每一个心的窗口
当夜晚来临　更多的星辰将温暖地升空

2020.11.07

刀锋岩

记不清走完了多少上升的台阶
所有攀登的疲累　已经消失在途中
此刻　山崖边缘的刀锋岩
真的如同锋利的刀刃　刺中我的凝视

它刺向青天　刺向青天里的白云
午后的光线为它涂上一层光的色泽
这是刀刃的锋芒　让一块薄薄的岩石
在高处的冷风中　轻轻颤动起来

刀锋岩挺立在西白山上　一直被雨雪风霜
反复磨砺　我在它的旁边走来走去
试图找到某一只大手的指印　结果徒劳
这是一柄孤独的被遗弃的刀

山下的村庄　一幢幢房屋都在阳光下发出光泽
而一把二胡的流水　像另一种光芒悠扬流淌
我转身下山　在寂寞的山风和夕阳的辉光里
我骨质渐渐疏松的身子　也像刀一样颤动了一下

2020.11.09

夜行剡溪岸

夜色静　行路的人各自低声絮语
流水也静下来
只有环堤公路上的汽车
仿佛另一种喧嚣的流水

三个歌手　自弹自唱
他们的歌声似乎比夜色更优美
有人停下脚步
有人依旧走路

而我在一张椅子上坐下来
身后的一丛竹子也异常安静
"剡溪蕴秀异……"　唐朝的声音从水面升起来
我在夜色里仔细地听着、辨别着

2021.02.21

第五辑

沃洲天姥

天姥连天向天横，势拔五岳掩赤城。

——李　白《梦游天姥吟留别》

沃洲村的桃花

沃洲村满山遍野的桃花
渐渐低下了她们的歌唱
即使一群诗人　冒雨而来
也不再激起她们再度演出的欲望

这个春天的舞台中央
桃花们亮丽的颜色　被雨水
一次次清洗　最后的美和红艳
此刻　被一行行诗歌轻声挽留

湖水和远山　隐在云雾之中
桃叶新生　它们的翠绿
也在雨水中摇晃　在这片桃林里
摇晃得更厉害的　是一束目光

看　桃花们已经在集体谢幕了
一弯腰一低头　风度依旧翩翩呀
她们的双手　在春风中拍打出心跳的节奏
她们不撑伞　全身上下被春雨湿透

一群诗人从城市赶来　他们迟到的脚步里
充满桃花的叹息　他们小心翼翼
在青草和泥泞的山坡　留下深浅的脚印
他们穿越桃林　只带走一缕春风一抹粉红

2013.03.25

眺望桃花岛渡口

我的船不靠岸　桃花岛的渡口
多么冷清　三月的风吹动湖水
也吹动了那些高处的枝条

上升的台阶　无人踏响
漫长而蜿蜒的小道　通向树林深处
而桃林　在更远的地方

枝头上应该还有一些桃花吧
桃林中应该也有几户人家吧
隐约间　是狗的叫声起伏在风中

此时春雨和春风交相袭来　我在船舱中
眺望桃花岛　看湖水把桃花岛
抬起来　高过我低处的心跳

渡口真的空无一人　而我只想着
一个素衣女子　头戴斗笠正缓步而行
她的背影　一点点上升直至消失

可是我的船不靠岸呀　桃花渡口
桃花人家——我和桃花岛之间的距离
是一场春雨的距离　湿透了我今日的眺望

2013.03.25

真诏村口大庆桥

一座咸丰年间的石拱桥
如此青春地耸立在真诏村口
细雨打湿远山
石级的上升　仿佛历史

四月的青草　从每一条石缝探出来
它们的绿　恰好填塞了时光的苍茫
而瀑布般的藤蔓
是另一首起承转合的格律诗

在桥上四望　河水清澈山坡吐翠
无数老房子　不约而同地安静在雨中
屋顶是黑　墙面也是黑
而河埠头洗衣的女子　唇红齿白

古老的桥　再没有信使打马而来
只有春风一年年回来
在每一块旧卵石、旧石级上
写下长长短短的新鲜和期盼

2013.04.21

独
舞

一只燕子在舞蹈
一根电线是她的舞台

在一个古老村子的小巷深处
在一幢古老台门的门楣上方

一只燕子　陶醉在自己的舞蹈中
她展翅　她扇动　她前俯后仰

一只燕子在高处　在一根细小的电线上
狭长的天空是她无限的背景

她呀　不为赞叹和无数仰望的镜头
而改变自己的姿势与动作

这个春天　四月的小雨浸染江南
一只燕子在雨中独舞

她不去觅食　也不忙于筑巢
她只是舞蹈　无声地舞蹈

仿佛是最初的默片　一只燕子
深陷于黑白的舞蹈之中　它的羽毛多么轻盈

面对低处的观众　一只燕子
用自己的姿势　描述了春天的自由和美好

2013.04.21

仰观摩崖题记

摩崖犹在　笔画清楚红艳
七百年前的故事
跌宕在崖壁上

可以想象当年的惊喜和喧哗
想象千军万马的壮观　现在
只有宽阔的江面　湍急的河水

河边风大　吹了这么多年
吹不乱一个文字
水晶不知何处去
唯有这一笔一画　被后来者仰观

就如此刻　一群诗人肃立江边
俯瞰江水翻卷
仰望崖顶文字
内心的马蹄　已经驰过百年千年

2013.04.21

再上蟠龙山

正是秋高气爽的好日子　炎热已经褪尽
秋的清凉　占领我个人的全部领土
从眼睛开始　直到手掌、脚趾和心肝

篱笆还是那道篱笆　只是藤蔓枯了不少
泥墙还是那堵泥墙　沧桑的表情
更显凝重和安详

一张时常跟笔墨打交道的长案
此刻搬到院中　淡淡的阳光
照亮满桌的菜肴　四周是更加灿烂的笑脸

团团围定并且起伏的　不仅仅是长话短句
二胡的流水　在秋风中响起来
正午的光线里　泛出了另一种时光的颜色

远山的宁静是整个世界的宁静
在蟠龙山的一个小小山岗　我也在安静之中
我走动、倾听　或者随意找些植物交谈

风就走在我的身边　叶就落在我的手上
野生的栗子　纷纷从树上跳下来
它们的清香和营养　无疑将蔓延到我的诗歌深处

朴素的蟠龙山　一座独立的小院子
在这个秋天的好日子　被干净的阳光和目光一一打量
乡土和自由的气息　比秋风更有力地荡漾着

而一棵落光了叶子的柿树　挂满枝头的红柿子
却如同一串火炭　点亮瓦蓝的天空
它们的摇晃和暖意　注定要在冬日的夜晚砸中记忆

2013.10.02

黄昏，静坐偃王亭

雨后的青山　在水的那边连绵起伏
这一片辽阔的水呀
是从峡谷的底部　一点一点
上升而成　深不可测是这一汪清水
更加深不可测的　是水面下
沉淀的岁月、烟火和远去的背影

黄昏的山风　吹动远处的水
也摇晃眼前的树
我的目光和衣衫一起晃动
唯有这一座朴素的偃王亭
因为竹子和茅草　而纹丝不动
它在风口肃立　如一个真正的王傲视群山

此时　我一个人静坐在偃王亭
看云雾忽聚忽散　这个春天
我又一次来到了剡东的山水中间
我的身后是一个叫苕根的小山村
我的眼前　是湖光、山色和无边的清新

风在继续吹　黄昏在继续深厚着
所有的风景　正在渐渐模糊
但在偃王亭里　在巧英的春天
即使夜色再深　即使全部的台阶一一隐没
我内心的天空依然是星光灿烂无限蔚蓝

2014.04.13

夜宿竹乡人家

夜真的深了　竹林还没有安静下来
不安静的还有一群诗意的灵魂
和几只失眠的鸟

山村的夜　终于有了一种异样的色彩
来自另一方天地的旋律
一丝丝　揉进竹乡的风中

白墙黑瓦的房子里　今夜的呼息声
会泛起什么样的浪波呢
屋檐下的燕子　估计最有发言权

竹林的风声　一声强过一声
依山而列的灯光　已经一一熄灭
只有小小的竹笋　一支接一支拱破春天的土地

2014.04.13

在雪溪茶场

伫立望海岗　我望见的是云雾之海
在茶园上空　在视线的那头
海拔750米　这样一种高度
足以让我仰望并引发几番沉思

昨夜的春雨　青翠着此刻的茶树
那些采茶人　散落在茶园深处
茶园多么整齐　她们三三两两的背影
就像标点符号　逗断了这些长长的诗行

湿润和清纯　是这一个早上的两种表情
传说中的远山一直隐在云海中
而映山红是一簇簇真正的火焰
旗帜般在山坡、林间闪耀

一条问茶的道路　从山脚蜿蜒到山顶
南方有嘉木　春来尽新芽
山风吹动每一粒新芽
山风也吹动每一束异乡人的目光

雨后山中　云海翻卷出无穷的姿势
而比云海更为多姿的是诗人们的讨论和赞美
在目光的T台上　在轻轻晃动的手掌
一场雪芽的处女秀　正在优雅而醇美地开幕

2014.04.13

风雨廊桥

这一座廊桥　从宋朝的那一年架起
就一直挺立在三坑村的溪涧之上
那些架桥修路的人　那些亲眼目睹的人
早像刻在石碑上的笔画　漫漶消失了

只有桥下的流水　春夏上涨
秋冬枯瘦　只有桥上的梁木和瓦片
一年年朽烂着破碎着
却依然沧桑在来往不绝的众人脚下

所有的脚印和言语　都是乡亲乡音
所有的感叹和感恩　都是柴米油盐家长里短
一座廊桥　抵挡的不仅仅是风雨
一座廊桥　是一个村庄最精彩的典故

在2014的春风中　我无法考证出
这一片片焦黑　是因为战乱还是日常烟火
但我可以想象　当一支支迎亲的队伍
吹吹打打地经过　廊桥是怎样的一种表情

古老的廊桥　真的拥有青春的回忆
就像此刻　正午的阳光照亮桥头
一群来自他乡的年轻人的喜悦和歌唱
何尝不是这大山深处风雨廊桥的喜悦和歌唱

2014.04.15

杨梅山上杨梅红

六月　必须是六月的阳光照耀
杨梅山上的杨梅　红了
此前的日子　是青的是粉的

而六月红了　红得近乎紫和黑
我的描述略显复杂
颜色们则单纯多了

在青叶丛中　杨梅红了
红得发亮　红得有光线闪烁
它们的亮　摇晃着整座杨梅山

六月的杨梅　其实也是一种风景
当然它们藏得有点偏远
还有一点高度

这个村　叫杨梅村
这座山　叫杨梅山
这满山的喜悦　来自种杨梅和摘杨梅的人

2014.06.19

一座古村的最后一个秋天

整个村子　只剩下不多的几户人家了
还有两家小店开张着　冷冷清清
它们的顾客　现在主要是外乡人陌生人
他们从远远近近的地方赶来
在村子的每一条巷子、每一座院落和井台
张望、交谈、赞叹　并肆意地拍照

对胡卜村而言　这一段日子
是它最安静的岁月了　旧标语
依旧在板壁上字迹清楚着　更清楚的是
一个一个的"拆"　写在转角、门边
甚至在花草的后面　其实拆与不拆已经无所谓
这个村子　终将隐入水底

古老的村庄　就要被新鲜的流水深藏起来
这是最后一个秋天　村周围稻子已经黄熟
青菜依然青着　它们都在秋风中发出声响
还有一个菜农在劳动　还有两个农民走过幽长的巷子
他们的劳作　也是最后一季
正像秋风　是最后一次吹拂1500年的胡卜村

村子一天比一天安静　村里的人家
一户多过一户迁往他乡
十月的风中　祠堂、牌楼和一扇扇紧闭的门
都流露着一样的表情　而风中的枯草
它们细小的腰早已受伤　在乡主庙的厢房
一个老人说　我要最后离开

2014.10.13

秋日走进胡卜村

这个秋天　燕子们早已离开
梁柱间只有空空的燕巢
依旧完好

这个秋天　村子里的人们稀稀拉拉
仿佛另一种候鸟
飞向四面八方　而成排的房子也成空巢

这个秋天　山坡上的柿子继续红着
田野里的稻子继续黄着
乡主庙的香火　还有一位老人留守着

这是一座胡姓卜姓人祖居的村庄
对我而言　没有一个人是我的亲戚
但这个秋天　我却莫名地有了几分伤感

一只母鸡在觅食　三个小孩在追逃
牌坊下的两块元宝石　坐着外乡人
它们的光滑　是否就是岁月的记忆

风从村子的上空吹过　吹动墙头枯草
而古井里的水　不起一丝波澜
不起波澜的　还有漫长的卵石小巷和门上的锁

时光的流水　正从远处漫上来
一切注定要消失　那些山岗将成为岛屿
而一千五百年的乡愁要成为水声　夜夜拍岸

2014.10.16

斑竹村·惆怅溪

一座古老的村庄
一条更加古老的溪流
它们在这个秋天　站成了一片风景
在我的凝视中　无数光芒
闪烁着旧时代的痕迹

驿道已经清冷
驿站也早已湮灭
所谓的马蹄叩打卵石的声音
在空幻的那头　而斑竹也无处可寻
只有一个章氏祠堂　斑驳着时光

唐朝的对话　继续在流水中响起
村口的石拱桥　青苔蔓延
那个后悔的背影　那种惆怅的表情
在文字中在言说中　流传下来
在青山和枫叶间　像云朵和风

这个秋天　我终于来到了落马桥头
我没有马　也没有皇上的诏书
我只是在秋风中走来走去　看黄叶纷纷落下
而桥下的流水多么清瘦
那么我的惆怅　应该是深了还是浅了呢

人这一生　后悔的事情
何止一件两件　落马是一种选择
惆怅也是一种选择　一千年前的背影

终究会消逝
只有溪水弯曲着流动　春夏丰盈秋冬清浅

2014.11.24

在大岩岗

当我到达的时候　杜鹃早已开过
只有青翠的枝条　沾满露珠
那漫山遍野的红
只能想象　只能向往

而茶园在山坡起伏　而河流在山下蜿蜒
大岩岗上的风　仿佛观音寺的钟声
吹来清爽　吹散内心中
三分尘垢　七分燥热

找一块石头　我坐下来
在这样的高度　我不敢久久站立
在这样的山岗　我怕高过
那些不言不语的灌木和小松

其实　我更怕一阵大风怕更大的风
吹动我如同一片树叶　我缺乏根须
缺乏　在岩石上扎下去的苍劲
作为游客我匆匆下山　只带走一个秋日的相约

2015.05.18

长寿岭

在这一座小山村　2000多米的台阶
是一种美丽的海拔　在攀援中上升
一级台阶是一声祈愿
一级台阶是一份追求

我拾级而上　仿佛轻轻叩动音阶
旋律在两边的林子里回响
所有的叶子　都竖起倾听的耳朵
我的心跳渐渐加快　有了进行曲的节奏

而更多的诗人　在四处寻找
山村的清香和静谧　是另一种音乐
是音乐的流水　洗刷出惊喜和欢乐

在一棵600年的银杏下留影
在一丛新开的野花前轻呼
一群听惯喧嚣的人　此刻重新打量自己的高度

2015.05.19

石溪村的溪

石溪村的溪　我至今还叫不出名字
我见她时　正是她一年中
最清浅的时光

七月的阳光　照亮上游的一群鸭子
也照亮水底的卵石和黄沙
而石斑鱼　成群结队嬉戏着诱惑着

来自天姥山深处的水
清亮清澈又清凉　是我的眼睛
最先感受这一切　其次是手和脚

一条小溪流　蜿蜒在村子中央
这个时节的秀美　其实蕴藏着
另一个时节的狂野

在石溪村的小溪　一群远来的热爱诗歌的人
此刻热爱上了　这清浅的水流
清浅的生活和一汪汪早逝的快乐

一条鱼一捧沙　甚至一缕水草的摇曳
都能够激发一串惊喜和赞叹　如果石溪村
开口说话　会不会取笑这一群陌生的城里人

溪水静静流　对岸的庄稼多么葱绿
秋玉米正在抽穗　南瓜花丝瓜花继续盛开
石溪村的溪呀　我至今还叫不出你的名字

2015.07.26

125

横板桥村速写

104国道把村子一分为二
一半村庄在山脚下蜿蜒
一半村庄在路那边平坦　横板桥上的青苔
拱桥上的卵石　似乎在呼应

新房子旧房子　就像新树枝和老枝杈
交错生长着　两棵更古老的树
苍翠在溪水之上　一群鸭子自在游过
一汪流水依旧清澈

曾经的驿道　早已被现代水泥覆盖
池塘边　一位老汉在钓鱼
仿佛姜太公　天姥山下的姜太公
天姥寺边的姜太公

一块路名牌　两块字迹模糊的石碑
记录了从前的晨钟暮鼓和游人如织
一只大白鸭　安静地卧在碑前
像是守护者　守护着古驿道上的无数落叶

李太白的庙　真的牢固地立在村中央
关于谢灵运和徐霞客　更多的记载
正从典籍和碑刻的缝隙里　一点一点亮出来
就像真正的光线　散落在这片雨过天晴的土地

2015.11.07

沃洲山小住

这连绵的青山间　还有多少修道的人
敲打着暮鼓和晨钟
所有的背影已经远去
只有一段文字　依旧保持着从前的容颜

沃洲山　现在俯瞰着一片湖水
可是　它能否看清楚深深的湖底
那些过去的村庄、道路和树木
以及旧时代生活的全部场景

湖水多么平静　湖水多么深蓝
湖水就这样一点一点蓄积起来
那些迁徙的人　像鸟儿一样离开的人
是否还在远方的深夜怀念故园

那么多的生活　已经重新开始
无论禅院　无论道观
从一叶一花开始　从一石一沙开始
在山间在水边　需要放弃多少无谓的幻想

通往山顶的道路　正被落叶覆盖
这个秋天　一场雨和一阵风
打落了多少枯黄的念头
最后的果子　还在枝头轻轻摇晃

只有沃洲山　它的沉默它静坐的姿势
被一汪湖水深深记住

即使苔藓漫遍每一处岩壁和小径
仍然会有新鲜的脚步　零落响起

2008.09.15

秋风中的大佛寺

旧时代的光芒　被文字和目光
反复擦洗着　非但不模糊
居然越发清晰　在秋风中闪烁

一尊佛　更多的佛
在这片山林中修行
它们安静肃穆　从不开口说话

事实上它们早已用不着说话
就这样或坐或卧或俯或侧的姿势
已把前世今生和未来　摹写殆尽

一叶一世界　一花一如来
这漫山遍野的花草树木
是谁的记忆　在秋风中簌簌作响

山径曲折　一条路通向无数个方向
而挑檐下的风铃　再一次响起来
像雨水播撒四方　播向苔藓和蚂蚁

这个秋天　我内心里充溢仰慕
仿佛风声在山谷间鼓荡冲撞
久远的呼唤　有回声隐约传来

这个秋天　我不为一句偈语着迷
我只愿大佛寺的秋风　渐渐把我吹黄吹亮
就像那片叶子　摇晃却不凋落

2010.09.23

在天姥山上

在这样的一座山
在这样的峰顶
喘息初定的我　像一个最普通的人
远眺　再一次尽情地远眺

那些熟悉和陌生的景象
一一涌现　无论远或近、清晰或模糊
我知道——那是一些低处的生活
而我　在天姥山上北斗尖

午后的风　吹动我的衣衫
四月的清新　是另一种流水
洗涤着　我仰望多年的目光

此刻　我不敢仰天长啸
因为李白告诉我　此地有仙人
更不敢浅吟低唱
因为李白的声音就在身边

此时此刻——我只想着来一杯酒呀
最好是一坛　我就席地而坐
在那棵松树下在那块苍岩边　邀清风同饮
一直喝到明月松间照　再踉跄下山

2016.04.12

黑风岭小记

旧时的驿道　依然有着新鲜的光泽
路边青草的嫩绿
与崖间杜鹃的红艳或紫
是四月的语言和诗词

有一种香　是风带来的
有一种幽静　是脚步说出来的
随便看看　就是一幅幅绝美风景
随便走走　就有一种种小惊喜被你踩到

村里的书记带着一群远方的诗人
又一次踏上古道　诗人们列队而行
他们的齐整与蜿蜒　足以与遍地的卵石媲美
只不过一个是亘古不动　一个是欣喜雀跃

曾经的商旅要道　再没有车如水马如流
也不再有黑风岭的一声断喝
以及威震关的刀光剑影
——白云千载　今日全程是春光、花朵和芳香

只有那些青衫背影　那些长长短短的诗行
永远驻留在这一片山水间了
仿佛在等待更多的吟诵和赞叹
事实上　一群诗人的到来就是一种最新的歌唱

哈哈　黑风岭呀威震关
一个杀气腾腾的名字　却有着无限抒情

2016.04.12

这个春天的南山村

这个春天我不采菊　菊还在抽芽
这个春天我不闲逛　只在进士第的石阶上
安静地坐着　不抽烟不喝酒
看风从门前吹过　听隐约的马蹄声
从左边来往右边去
或者　从右边来往左边去

石阶的阴凉　透过我的蓝色牛仔裤
我不知道有多少人　在从前的时候
像我这样坐过　像一个少年儿童
石缝里的青草　因为春天的缘故
已经纷纷钻出来　它们是否有点惊讶
惊讶我这样一个懒散的中年人

比我更安静的　是那桥那井那祠堂
比我更安静的　是桥沿的树、井里的水
是祠堂上方的匾额、画像和对联
比我更安静的　是围墙下的那群老人
春天的光线　画出了另一种色彩
比我最安静的　当然就是村子外面的那座山

这个春天　东篱下只有盛开的小野花
这个春天　村子里的每一块卵石
将被一双陌生的脚　轻轻踩踏
每一扇木格子窗户　将被一双好奇的手慢慢推开
那么借你一千年的光阴　南山村呀
我想小住三天——可否可否

2016.04.13

夜上乌泥岗

上山的道路　被车灯照亮
唯一的白练子　在漫山的茶园中蜿蜒上升
仿佛有只神奇的手　在更高处牵引

而灯光外　是大片的暗
它们还在继续加深着颜色
因为一种芳香的召唤
全部的黑和海拔　已不是问题

只有风了　这些九月的秋风
在岗顶上吹送着大朵的寒意
山下的村庄　灯光连绵
比灯光更加密集的　是乌泥岗上满天的星星

对　就是这些满天的星星
他们失踪了多年　今夜终于露出微笑
当我低首品茗　当我抬头观星
内心里的小感动　其实是另一种钟鼓之声
就像是一股流水　一点点洗出我的干净和宁静

2016.09.26

南洲宋井

一口古井　　幽深在九曲巷的那头
仿佛那阕经典的宋词
依旧被无数目光亲切地翻开和诵读

光滑的井栏　　有着太多的传说
起伏着刀枪的铿锵
更多的是炊烟的线条

刻在石上的文字　　真的模糊了
可井水一如当年的清澈
它们的清凉　　莫非是中国诗歌的抚摸
从五指到手掌　　一直到颤颤的心尖

南洲村的怀抱中　　一口古老的井
就是一颗真正的宝珠　　从不曾熄灭光芒
旱不枯竭　　涝也不漫溢
就这样滋润着宋时的早晨和今日的黄昏

2016.09.26

又见茅洋

七月的雨水和燕子　早已被秋风吹走
九月的阳光里　我探幽的脚步
又一次踏上卵石的小巷

老台门的故事　总是这样的久远
旧祠堂的墙壁　却爬满最新鲜的藤蔓
那丛狗尾巴草　在墙头摇晃得多么快乐

随便推开一扇黑漆大门　都有一个小小的世界
时光的痕迹　记录在木窗、雕板和挑檐
喜鹊还在枝头鸣叫　鲤鱼还在高高跳起

陌生的目光　喜欢打量老底子的生活
那些满脸皱纹的老人　其实更喜欢
你的到来和倾听　就像那位八十多岁阿婆
她说一天要喝两餐白酒　一次小半碗

还有一位老大爷　热情介绍家门口的兰花
去年开了六十多茎花　又介绍门前的小巷
有多少新人拍了婚纱照　——茅洋的时光
这样的沧桑　茅洋的时光又多么醉人

茅洋是座村　茅洋更是一首诗或者一坛好酒呀
那么　在九月在这个秋风满满的日子
且让我停下脚步　找一个临水的台阶
谁来陪我　一盏一盏品味茅洋的时光

2016.09.26

夜宿烟山人家

夜色早已笼罩四围群山　如果从远方
眺望过来　此刻的回山应该有飘渺的气质
可以是想象中的天上人间

而浓郁的茶香　是今夜的唯一主题
我走过大街小巷　每一户人家
每一束光线下　炒茶机总在快活地忙碌

春天的回山是新茶的演出季
一个个回山人　仿佛一名名出色的导演
白天采茶晚上制茶　呈上一台台春天的大戏

这个夜晚　我住宿在烟山人家
凌晨三点　山镇的寂静就被提前打破
茶市的喧哗　依稀露出了回山的第一缕曙光

2017.04.18

在鞍顶山

在鞍顶山　我必须用分行的文字
描述一个三棱柱的地理标志

一阵阵清凉的风　已经吹走疲累和汗珠
而目光被一个低处的石柱吸引

高大的亭子　与低矮的三棱柱
正好形成对比　一个是庇护一个是受庇护

绍兴、金华与台州　三个切面
分别指向三个古老的州府和三种乡音

一脚踏三府　其实踏的不仅仅是泥土
踏出的是方言、历史和地缘的融合

就像此刻　我可以与天台的采茶人交谈
换个方向看看东阳的石屋　转身又笑对同行的诗友

现在　我在鞍顶山漫步　在世纪之光碑留影
现在　我肃立在最高处　眺望他乡和家乡的山水

四月的春风里　我看见一样浓的春色和美好
茶园和绿树一起青葱　村庄和集镇一起闪烁

古老的土地　并不因为一个地理标志的区分
而延误春天的步伐　在鞍顶山我听到春天的三种发音

2017.04.18

高湾的夜

高湾的夜　是被一盏盏红灯笼点亮的
这出自民间工匠的作品
被我久久地仰望

中国线条和中国工艺
总在乡间里保存着繁衍着
错落的民居　模糊的牌匾　斑驳的墙面

最朴素的美　在一家又一家灯火里
闪烁　它们被照亮
又照亮更多的暗

蛙声已经响起　虽然低微而零散
但这终究是不可抵挡的潮流
它们的集体演唱　将再一次托举起乡村的寂寥

今夜　山野的风是否就是一种诠释
告诉我　只有宁静和放弃
才能作为一朵浮云　自由地行走和歌吟

2017.04.20

正午的眺望

山顶的风　吹乱了无数花朵的气息
却无法吹走农家大灶的亲切问候
这是从前的声音呀　不经意间再次响起来

乡土的语言　被一粒花生一支青瓜一根南瓜藤
反复诉说　它们的啰嗦其实是一种亲密和久别重逢
它们的柔软　就是曾经的岁月又从水底涌上来

当我在一个陌生的窗户前　眺望更加陌生的远山
和清澈的水——那些消逝的记忆
渐渐跳动起来　像那些波光那些隐隐约约的山岚

正午的光线　照亮全部的青山、绿水和树木
就连那幢泥墙屋的青藤　也闪烁着微光
而水下的那些村庄　再也不会有炊烟升起

桃子们已经成熟　栗子们还是那么青涩
生活的道路上　那么多的生命都在快乐地奔跑
总有一种收获　迟迟早早会在另一个季节到来

一朵花在阳光下开放　更多的花在踊跃开放
一只蝉在树荫里鸣叫　更多的蝉远远近近地呼应
远山肃穆深水静流　我的眺望其实只看到一个小

银星村的正午时光　我诗歌的翅膀终于垂下
在连绵青山、广阔水面和轻轻摇晃的芦苇面前
在朴素的丝瓜花、沉默的枯枝和无边的绿色面前

2018.06.30

路
过

一幢乡间的老房子　墙面斑驳
木板的门　早被雨水剥蚀得伤痕累累
有青藤爬来爬去　一切多么静穆
更加静穆的是门廊里躺坐的一位老人

一把藤椅也有了足够的年纪　缠着褪色的布条
与周边的柱廊、窗栅弥散着一样的气息
如果不是老人手中轻轻晃动的芭蕉扇
差点把她当做一座——雕塑

天井里的鹅卵石　一部分保持着从前的齐整
大多已经是散乱了　石缝间的杂草
也在微风中晃动　而苔藓到处蔓延着
它们的表情　跟老人一样的与世无争

七月的炎热　已经充满了整个空间
午后乡间的苍老台门里　一个同样苍老的婆婆
正孤独地躺卧在一把破旧的藤椅上
一种熟悉的苍凉　风一样渗透了路过的我

2018.07.02

另一个祝家庄

五月的风　为我打开岁月的一扇新门
另一个祝家庄　用无数乡土的述说
用水蜜桃、桑叶和一座古老的禹王庙
告诉我这一片土地上的前世今生和祈愿

一片沧桑的枫香树林　像是一段清晰的文字
在风中闪烁着光亮　那四位闲坐树下的老人
是否又一次在倾听它们乡音般的言辞

这个祝家庄　与英台与玉水河无关
这个祝家庄　依旧与相思、爱情和幸福有关
瞧　顾东山顶站立的禹王总是佑护着风调雨顺
村口那位小九妹　羞红的脸色仿佛满出篮子的桑葚

这个五月　我挥挥手匆匆告别陌生的村庄
内心里只留下一个小小期许　等明年春风荡漾
等漫山桃花开放　再来寻访桃花源里祝家庄

2019.05.12

凝视一群蚕渐渐醒过来

一群蚕正在渐渐苏醒　在龙皇堂村
农家的团匾上　细碎的桑叶铺展无限的关切

这是一群不计其数的蚕　细小的身子
有的纹丝不动　有的正在抬起小小的脑袋

一群蚕在五月的风声中　似乎听到了一种召唤
从春天出发在夏日成长　而此刻在我们的凝视中

又一次渐渐醒过来　一切都是为了再次出发
桑叶就要大面积搬运过来　咀嚼的声响也要彻夜不眠

一个村庄的光荣　从光绪年间一直蔓延到2019
就像一种清泉的流水　浸润着美丽乡村的笑脸

在这间光线暗淡的屋子里　凝视这百千万只蚕
渐渐醒过来　真的像有百千万的茧和丝正在涌过来

那种洁白和亮泽　充满了整间农家小屋
也充满了整个村庄和每一双眺望未来的眼睛

2019.05.12

在龙门驿站邂逅一段旧时光

猝然抬头相遇龙门驿站　不管是谁
都忍不住会心一笑

这个藏在深山里的龙门驿站并非那个龙门客栈
这是古老交通的一个休憩处　歇脚喝水聊天

长长的廊道恰如时光隧道　幽静而阴凉
仿佛一双无形的大手　突然抹掉了喧嚣和闷热

高大肃穆的龙门驿站　没有刀光剑影和拳来脚去
也不再响起急促的马蹄和夜半的呼叫

可它的冷清里　却收藏了一段完整的旧时光
推开木质的大门　驿站的空旷就像历史的空旷

桌椅板凳虚席以待　茶盘碗盏也落寞着尘埃
戏台上的丝竹管弦沉寂已久　再没有出将入相

唯有戏台两侧　和墙上板壁间的标语口号
或清晰或模糊　低声说出旧时光的足音与痕迹

像一只蚕茧　一根丝抽出长长的少年回忆
在感叹和唏嘘间　一闪一闪

驿站外的阳光无比灿烂　隔壁建设中的新房
衬托着这一段旧时光——古老与时尚都是山村的本色表情

2019.05.12

网红村彭顶山

湖畔人家彭顶山　这个被网络捧得有点紫色的山村
现在真实地呈现在我的眼前了

风从对面的山上吹过来　低处的湖水不起波澜
只有我的衣衫和众人的头发　在风中凌乱

不乱的是目光是凝望　还有无数声轻轻重重的赞叹
花朵的五颜六色　在每一个角落舒展

深蓝的湖水和诗歌　正在继续上升
美好的感觉　仿佛一只潜水艇一点点下潜

风和景　像一只柔软的手拍打我
拍打我全身的穴道　如同一位老中医

我努力保持镇定　其实我内心的臂膀和喉咙
已经张开　已经大声地叫喊

请原谅我的失态　请所有网络忽略我辞不达意的言说
这个五月　我以野花的形式在彭顶山的隐蔽处悄悄开放

2019.05.12

巧英的风

巧英的风　吹乱了我的头发和衣衫
当我站在偃王亭的长廊
当我的手　轻轻握住光滑的栏杆

只有远山保持着它的沉默与坚韧
还有众多的树木　只是用一种青翠的言辞
简洁地告诉我　秋天的肃穆和辽阔

是的　一切仍然是郁郁葱葱
所有的色彩和美还在酝酿之中
所有的色彩和美　正等待着被秋风一一揭开

而成熟的气息已经提前到来
它们细小的手指　此刻已经伸出来
这是巧英的秋天　这是风中的秘密

诗歌的流水再一次被巧英的秋风抚摸
全部的波浪和光泽　在每一双眼睛里起伏
我知道　它们的涟漪将一直荡漾到岁月的那一头

2019.09.21

那个身披蓑衣的背影

那个身披蓑衣的背影　走过细心坑村的
深巷　那些布满苔藓的石墙
又一次在相互打量

肩膀上的锄头　锄头上的竹筐
都在雨水中闪着亮光
而右手中低垂的木质料桶
早已倾空　依然飘散着乡土气息

蓑衣　竹笠　苍老而挺直的身影
就这样在九月的风雨中　悠然走过
古老的村子　更加古老的农业传统
仿佛一种果子　被秋天捧在手中

弯曲的道路　沿着山坡上升
隔着那层秋日的风雨　我匆忙的手机
忍不住悄悄追随　就像一个追星族

2019.09.22

雨中的巧云居

细雨蒙蒙　一栋房子又一栋房子
现在安静地卧在青山下
滴答的雨水　淋到我凝望的目光
所有的潮湿　开始浸润我的心跳

多么静谧　无数竹子正在对面的山坡摇晃
可以想象　那些泥土深处的竹鞭
应该没有停下延伸的脚步

更多的金黄　已经把芳香一丝一丝
传递到空气中　让我这个来自城市的读书人
读到另一种没有字迹的书籍

这是秋天时刻　雨水中的絮语
仿佛我记忆中的叮咛声
久别重逢的招呼　陌生又亲切
像一片叶子　重重地压低了我的手心

2019.09.21

在三坑真君殿

五灵山下泾水溪前　一座古老的殿宇
供奉着一个异乡的英雄
他与此地的山水和民众并无宗族渊流
却已被作为神一样的存在
被数百年的香火　默默缭绕和点亮

作为另一个异乡人　当我再一次踏上
高高的青石台阶　身后的风雨
拍打着每一棵溪边的树木　流水喧响着
而那些黑白错落的山村房子　多么肃穆

无论山外山　无论画中画
岁月和江山　又一次在秋风秋雨中
呈现出刚毅的表情　千百年的力量
其实是一种地下的火焰　总在一次次的
凝望时刻　灼痛血脉深处的那一声感叹

一支上上签　喜出望外地跳出签筒
在一双双温暖的手中传递　所有的文字
其实不用多加解释　刀光远去硝烟散尽
九月大地上的青山水韵就是最美好的注解和吟唱

2019.09.23

东宅村口的枫香树

沃州镇东宅村村口
安静地站着一群枫香树
高大　繁茂　神采奕奕

它们的年龄写在一块块
金属的铭牌上
300年　200年　150年　120年

是的　最年轻的是120岁
没有一声喧哗　也不曾有一分自得
一群古老的枫香树就这样肃立村口

秋风已经很烈　秋意已经很深
满树的枫叶还没有一一红起来
仰望这些树　我开始感受到那一刻的震撼

当我的手轻轻抚过冰凉而皲裂的树皮
我不禁有点汗颜　我想起了
自己好多回自夸　年过半百即将奔六

而这一群东宅村口的枫香树神情坦然
在秋风中一声不响
它们的目光看向了哪里呢

不管我如何踮起脚尖　不管我如何仰起头颅
我的浑身上下终究是
无法流淌出古老枫树的殷红和亮泽

但我内心的诗句和吟唱里
还是可以拥有一棵百年古枫
甚至一群古老枫香树的全部高耸和庄严

2020.10.28

问我今何适？天台访石桥。

——孟浩然《舟中晓望》

在天台龙穿峡

巨大的岩石　在流水中起伏
它们柔软而光滑的姿势　使目光
读清楚时间的表情

在峡谷　岁月的声音正在消逝
而峭壁上低矮的树丛和青苔
努力记忆着　并且在风中轻轻地说出来

现在　这些众多而轻微的声响中
又加入我的脚步和心跳
从谷底　一直蔓延到山顶

我将要在风中摇晃
像那一棵虬曲而返青的树
在细雨中呼喊　在迎面的风中长出叶子

深入崖壁的文字　正被我一一挖出来
尽管我无法一一读懂　但我已经
感觉到　一笔一画间的执着和暖意

2008.03.22

遥寄寒山湖诗会

黎明时刻的一场春雨
寒山湖的水　又该涨了一分
寒山湖的景
也应该更秀润三分

我在剡溪岸边　眺望
天台山的云雾
和云雾中的树木、岩石与歌吟
那里有我熟悉的心跳

这个春天
我与寒山湖擦肩而过

2016.03.13

154

上天台山

这个午后　陌生的风吹乱我的视线
熟悉的气息　从古诗的缝隙渗出来
被我风中凌乱的线条
一一网住　就像白鹿和青鱼

多年前的记忆早已荡然无存
那些青春期的呼吸　不可能遇见
此刻的沧桑和沉重

炎热的季节　只有风的清凉
和山的青翠　仿佛一双手在轻轻抚摸
近处的山坡　远处的山峰
以一样的颜色写出不一样的诗篇

上升上升一直上升　所有的旋转和速度
其实是为了最后一刻的停顿
在李白的丛林里　我应该不会迷路

2020.07.26

细雨国清寺

全部挑檐和风铃　都在细雨中静默
在连绵的天台山　这一座隋代古刹
仿佛已经与群山融为一体

今日没有僧人的吟唱　只有游人的絮语
在一座殿堂和一座殿堂之间
轻轻响起——此地真的不敢高声语

就连那座高耸的隋塔　也保持沉默
在远处肃立　而我此时面对这棵1400年的
梅树　还能够说些什么呢

雨水已经湿润照壁　以及那几幅碑刻
黝黑的虬枝　如同龙的筋骨
从泥土深处　探向天空

这是七月　不是花开时节
但在细雨中　我似乎已经听到你的心跳
你用无言的姿势　说出了生命最深处的密码

2020.07.27

在国清寺遇见一朵凌霄花

一朵凌霄花　不再凌霄开放
它凋落在一座藏经塔前的石碑上
潮湿的石碑　薄薄的苔藓托着花朵的红

雨滴多么晶莹　青石如此冰凉
众多的目光　忽略一朵落花
他们在辨认碑塔上曲曲弯弯的文字
和文字后面的故事

而更多的凌霄花　还在高处的枝条上
争相盛开　它们的红和艳
照亮一大片仰望的天空

只有这一朵花　她过早地离开枝条
在雨水的清凉中　肃穆地躺在一块石碑上
那碑上的字　记录的是另一个年代的旧事
知恩报恩——此刻被一朵落花醒目地标记出来

2020.07.27

鸣鹤观

鹤的鸣　早已消逝
不知是离观出走　还是追随得道的师尊

在山顶　只有一座硕大的香炉
一座巍峨的灵官殿　七月的风四处吹

就像我的目光四处张望
而且只能够远远地张望

一位道长　他的玄衣被山顶的风吹着
他的须发　也在风中飘拂

他关上山门　客气地拒绝我们的访问
即使是慕名而来　即使是藏有一分出尘的念想

唉　鸣鹤不知何处去　此地尚余鸣鹤观
庭前茅草随风舞　挥一挥手带不走一片羽毛

2020.07.27

桐柏宫的黄昏

水面的宁静　终于被一声一声的吟唱
轻易打破　那些年轻的声音
来自更加年轻的面孔

高大的宫阁　庄严的师尊
肃穆的学子　一律道袍飘飘
音乐或者吟诵　在黄昏时刻充满桐柏宫

作为远道而来的参观者　其实只是路人甲
我被婉转地拒之门外　道观的大门轻轻关闭
就像黄昏慢慢降临　可是诵唱的声音
越过了高大的围墙

古老的道观　青春的吟唱
无数年轻的苗条的身影　再一次刻录在我的心里
我想看清他们的表情　可惜
只有青衣的背影　在暮色苍茫中渐渐隐去

2020.07.26

望石梁瀑布

春天已经深不可测
在天台山的这一片角落
全部细小的雨滴　终于汇聚
它们的喧哗声里
奔跑着最高昂的激情

而我不敢高声叫喊
我怕我尖细的声音　破坏了
瀑布们的吟唱
我只是远远地　安静地
肃立在青石的台阶上

流水的白　正被青山的青
捧在手里
山岩的静　正被春天的气息
一丝一丝撬起来
那些长藤那些青须　仿佛升腾的光线

石梁依旧高悬
青苔到处生长　雨后的天台山
一样东西在蓬勃上涨
一种沉默已久的口音
再一次陌生又熟悉地传来

2021.04.12

李太白读书堂遗址

春天的群山正在涌过来
这些山应该就是当年的山
这些树和草　无疑已经是换了人间
但吟诵的声音
依然在青绿地蔓延

我不知道你这是第几次登临天台
也不知道你究竟写下了多少关于东南山水的诗篇
但你眺望的背影
你在黎明时刻的欢呼和手舞足蹈
都已经被这里的山川云雾一一记录

简陋的茅棚已经不见
粗糙的柴扉已经不见
但华顶依旧如此高耸
春天依旧年年到来
岩壁上的映山红　还是火焰般燃烧

在读书堂遗址　李太白肃立在一边
仰望的头颅没有低下来
手中高举的杯子　盛的是酒还是露水呢
白墙黑瓦的房子烙满红色的痕迹
此地没有一册太白诗集

我的手里也没有
幸亏你身边的那块所谓的石碑
刻着《天台晓望》
那我就一个人开始朗读：天台邻四明，华顶高百越……

一颗心真的能够生出羽毛
一种声音像种子一样撒遍了后来者的脚步

2021.04.15

独坐观瀑亭

人间四月芳菲尽　这山间的桃花
也早早落尽了花瓣
它们都已经隐没在翠绿之中

山径上有来来往往的人
山岩里有这样那样的花
方广寺里的钟声没有敲响
林间的鸟　在叽叽喳喳地叫

我不知道这高处的观瀑亭
有多少人已经在我前面坐过
又有多少人　还将在我后面陆续而来
但此刻只有我一人独坐　于山风呼啸之间

手中的杯子里　没有出现传说中的昙花
春天的阳光照耀全部草木
我内心的杯子里
更多的无名花　已经悄悄盛开

2021.04.16

访云锦不遇

上山的途中　众多的
古老的　年轻的
云锦　还保持着沉默

所有的苞蕾　已经鼓鼓绽绽
硕大的模样　沉甸甸的感觉
似乎就要探出耀眼的光芒和颜色

现在它们都隐身在绿树丛中
只有那些十月怀胎般的花苞
在等待最初的那一声啼哭

这些高大的乔木　改变了我对杜鹃的认知
我没有看到开放的云锦杜鹃　却在午后暗下去的
光线里　提前触摸到了天台山的另一种华美

这样一种被诗词反复描绘和刻画的光芒
这样一种值得期待和仰望的音乐　今日不遇

2021.04.17

逆流而上

有多少种波涛还在耳朵深处拍打
有多少行诗句还在春天的大地上滚动
像雨滴　像露珠　像一朵一朵的野草花

从水天连接处走来
古老的烟波总是隐约在青山的脸颊
我是喝着剡溪水长大的

在诗歌的浪波中　我逆流而上
掠过桃花　掠过飞鸟的鸣叫
在苔藓和旋涡的对话里　寻找琴声

这个春天　山色空蒙
山势高峻　黄昏的雨水正在酝酿之中
而我就是那一条石斑鱼

蛙声即将四起　月光就要照耀群山
我知道　在这样的一座山
跟我一起仰望的　肯定不是一个两个

一样的月光　不一样的面孔
我知道　当我的脚步停下来
回荡在山间的长啸　不仅仅是我的心跳

2021.04.15

后 记

2019年出版《诗路新韵》后,我就在考虑什么时候把我自己的重走唐诗之路的有关诗歌结集出版,现在终于有了机会!

《诗路新韵》收录了绍兴诗人多年来在唐诗之路采风活动中的部分诗作,计有50位作者200余首诗作,是从近500首诗歌里面选出来的,展示了绍兴诗人的集体风采。而这一本《从西陵渡到天台山》则收录了我个人在近十年间创作的与唐诗之路有关的诗作,计有140余首。

浙东唐诗之路是一条重要的文化带,是一条山水旅游之路。这是唐代诗人在浙东行吟聚会中形成的一条山水人文旅游线路,以钱塘江南岸西陵渡(今萧山西兴)为起点,经水路入绍兴古鉴湖,而后由浙东运河、曹娥江至剡溪,再溯源至石梁而登天台山,全长近200公里,是贯穿于浙江东部继丝绸之路、茶马古道之后的又一条文化古道。在《全唐诗》收录的2200余位诗人中,有450余位诗人留下了1500余首赞美稽山鉴水的壮丽诗篇。后世诗人更是络绎不绝,留下的诗作数不胜数,浙东的诗歌之路一直在众多文人墨客的笔下绽放着迷人的色彩。绍兴是浙东唐诗之路的首倡地和精华地,作为绍兴诗人,重走唐诗之路并写下新的诗篇,既是对美好山水人文的再体验再感悟,也是对前辈诗人的一种致敬,更是对新时代青山绿水、文化价值的再挖掘再展示。近期,浙江首创提出"诗路文化带"建设,我这本当代诗人重走唐诗之路的个人诗集,可以说是一种自觉的响应。

我把全部创作整理为六辑，即第一辑西陵潮声、第二辑稽山鉴水、第三辑东山风云、第四辑剡溪两岸、第五辑沃洲天姥、第六辑天台流韵，以空间为序，从起点到终点，展示浙东唐诗之路全线风貌、采风途中的心路历程。这本诗集里的作品均为短诗，大多在20行左右，是重走路上的用心之作、精细之作，努力用个人的独特目光重新打量诗路风光，古老的景观赋予时代的光泽，短小的诗行展示新时期的发展和变化，既继承古代诗人的行吟传统又凸显当下的思考和体验，是记录和抒情，也是沉思和引领。可以说，浙东唐诗之路上的重要节点和人文景观都在诗集中基本得以呈现。虽说每次在路上都是行色匆匆，但在创作中，我着力追求构思精巧，意象清丽，语言典雅，务求以个人的情真意切来感动读者、产生共鸣。而在每一辑的开篇，我又特意选了大诗人李白、贺知章、白居易、杜甫、孟浩然等前辈的相关诗句，他们的诗行就像航标灯一样，指引着前行的道路，始终照耀着这一条充溢美和幸福的诗路！

诗集里部分作品已经在《人民文学》《诗刊》《星星》《诗歌月刊》《扬子江诗刊》《诗选刊》等重要期刊及其他报刊发表，但多数还是第一次与读者见面，希望能够获得朋友们的赞许！

感谢浙江文化艺术发展基金，把这本诗集列入2020年度的资助项目！

感谢评论家、诗人涂国文先生，冒着酷暑研读诗集，写下了精彩的序文！

感谢浙东山水赐予我们创作灵感！感谢每一个一起走在采风路上的诗友，风雨中我们曾经同行，岁月里铭刻了清晰的记忆！浙东唐诗之路上，也有了我们深深浅浅的脚印和浓浓淡淡的身影！

东方浩
2021年7月20日

图书在版编目(CIP)数据

从西陵渡到天台山 / 东方浩著. -- 北京 ：北京燕
山出版社，2021.10
ISBN 978-7-5402-6221-1

Ⅰ. ①从… Ⅱ. ①东… Ⅲ. ①诗集－中国－当代
Ⅳ. ①I227

中国版本图书馆CIP数据核字(2021)第212997号

从西陵渡到天台山

责任编辑	金贝伦
装帧设计	书道闻香
著　者	东方浩
出版发行	北京燕山出版社
社　址	北京市丰台区东铁匠营苇子坑138号
电　话	010—65240430
邮政编码	100079
经　销	全国新华书店
印　刷	杭州万星印务有限公司
开　本	880mm×1230mm　1/32
字　数	100千字
印　张	5.75
版　次	2021年10月第1版
印　次	2021年10月第1次印刷
书　号	978-7-5402-6221-1
定　价	36.00元